Moltke

tatort

Dieses Buch ist ein Roman. Handlungen und Personen sind frei erfunden. Ähnlichkeiten mit lebenden oder toten Personen sind rein zufällig.

tatort

Moltke

Kriminalroman von
Martin Schüller nach einem
Drehbuch von Axel Götz,
Jan Hinter und Thomas Wesskamp

emons:

Mix
Produktgruppe aus vorbildlich bewirtschafteten
Wäldern und anderen kontrollierten Herkünften
www.fsc.org Zert.-Nr. GFA-COC-001223
© 1996 Forest Stewardship Council

Agentur: WDR mediagroup licensing GmbH
Kriminalroman nach der gleichnamigen ARD-Serie »Tatort«
ARD-Tatort-Koordinator: Prof. Gebhard Henke,
Leiter des WDR-Programmbereiches Fernsehfilm, Kino und Serie
Tatort-Drehbuchautoren: Axel Götz, Jan Hinter und
Thomas Wesskamp
Umschlagfoto: WDR / von der Heydt
Umschlaggestaltung: Weusthoff-Noël, Hamburg (www.wnkd.de)
Druck und Bindung: CPI – Clausen & Bosse, Leck
Printed in Germany 2010
ISBN 978-3-89705-734-0

Wir bedanken uns bei der Redaktion des Westdeutschen Rundfunks
für die freundliche Unterstützung.

Die Titelabbildung zeigt Götz George als Hauptkommissar
Horst Schimanski.

EINS

Die Luft in dem Einkaufszentrum war stickig und verbraucht, und Schimanski schwitzte in seiner Jacke. Er wünschte sich, wenigstens den Schal ausziehen zu können, aber er hatte keine Hand frei, weil er mit Dutzenden Paketen und einem Plastikweihnachtsbaum beladen war.

»Nee, Horst. Du musst dir das *so* vorstellen …«, sagte Thanner und drängte ihn in Richtung Ausgang.

Schimanski schleppte sich neben ihm her durch den riesigen Laden. Wenigstens hielt Thanner ihm die Tür auf, sodass er seine Last unbeschadet hinaus auf den Parkplatz bringen konnte. Schimanski trug den Baum unter dem Arm, das Rohr, das den Stamm des Baumes bildete, ragte nach vorn in die Luft. Als sie draußen waren, hängte Thanner auch noch die beiden Tüten, die er in der Hand trug, über das Rohr.

»Selbst wenn die zu uns unterwegs wären …«, fuhr er in seinen Erläuterungen fort, »… die müssten ja vor Milliarden Jahren abgefahren sein.«

»Aber das gibt's doch gar nicht, dass wir die Einzigen im Weltall sind«, antwortete Schimanski.

Thanner schüttelte nachsichtig den Kopf. Sie wichen einem Weihnachtsmann mit Sack und Glocke aus, der die Ankunft großer Sonderangebote verkündete, und Thanner steuerte auf einen Stand mit Weihnachtsschmuck zu, der mit seiner festlichen Beleuchtung arg deplatziert wirkte auf dem in trübem Wintergrau so ganz und gar unweihnachtlichen Parkplatz des Einkaufszentrums.

»Nur mal angenommen, der nächste Planet, auf dem Leben in unserer Form möglich ist, wär nur eine Million Lichtjahre entfernt … Weißt du, was das heißt?« Thanner betrachtete prüfend eine silberne Christbaumspitze.

Er entschied sich gegen einen Kauf und ging weiter. Schimanski taperte schwer beladen hinter ihm her. Nun blieb Thanner vor einer großen weißen Weihnachtspyramide stehen und warf einen skeptischen Blick auf das Preisschild.

»Also: Das Licht legt in einer Sekunde dreihunderttausend Kilometer zurück«, erläuterte er und unterstrich seine Worte durch ausladende Bewegungen. »Nun rechne das mal auf einen Tag hoch und dann dreihundertfünfundsechzig Tage und das dann mal eine Million …«

Schimanski stutzte. Stirnrunzelnd überschlug er die Rechenaufgabe.

»Mann, das ist ja echt tierisch weit«, murmelte er schließlich in seinen beige-braun gestreiften Strickschal.

Thanner nickte zustimmend, ließ die Pyramide, wo sie war, und ging weiter in Richtung ihres Wagens. Die ach so besinnliche Weihnachtszeit äußerte sich um sie herum durch hupende Autos und Lautsprecherbeschallung mit entsetzlich öden Discoschlagern, in die sich immer wieder das blecherne Scheppern der Glocke des Weihnachtsmannes mischte.

»Vielleicht können die schneller fliegen als wir«, schlug Schimanski vor.

»Nee, nee«, sagte Thanner kopfschüttelnd. »Das ist ja nicht möglich nach der Relativitätstheorie. Schau, Horst …« Er blieb inmitten des Gedränges um sie herum stehen und wies gen Himmel. »Es gibt Sterne, die wir sehen, die schon vor Jahrmillionen erloschen sind. Da ist nur noch das Licht zu uns unterwegs.«

Schimanski neben ihm sah skeptisch nach oben. »Die müssten sich ja fortpflanzen«, sagte er.

»Wie?«, fragte Thanner verständnislos.

»Na, die müssten ja pimpern, im Raumschiff.«

»Ach!« Thanner winkte resigniert ab. »Jetzt hast du es wieder mit Pimpern ... Also, selbst wenn die im Raumschiff pimpern ...« Irritiert blieb er stehen. »Mann, jetzt hast du mich ganz rausgebracht! Was wollt ich denn grad sagen ...«

Sie erreichten den metallicgrauen Sierra, und Thanner wühlte genervt in seiner Manteltasche nach dem Autoschlüssel.

»Ach so«, fuhr er fort, als er ihn gefunden hatte. »Wenn die zurückkommen, kann denen passieren, dass der Heimatplanet gar nicht mehr da ist.« Er schloss auf und öffnete die hintere Tür auf der Fahrerseite.

»Sag mal, sieht man sich später noch auf 'n Sprung?«, fragte Schimanski. Das Thema extraterrestrische Intelligenz war für ihn mittlerweile erschöpfend behandelt.

»Horst, ich hab dir doch gesagt, dass ich Besuch bekomme.«

Schimanski trug die Einkäufe zum Auto.

»Dann ist das alles für deine Alte?«, fragte er. »Kaviar und Lachs ... und Schampus?«

»Jetzt hör doch auf, Horst«, entgegnete Thanner ärgerlich und begann, die Tüten und Pakete auf dem Rücksitz zu verstauen. »Erstens ist das keine ›Alte‹, sondern eine junge, charmante, erfolgreiche Geschäftsfrau ... Artothek Düsseldorf, sagt dir das was?«

»Nee«, sagte Schimanski und reichte ihm das nächste Paket.

»Macht ja nix«, sagte Thanner. »Macht überhaupt nix. Und zweitens soll es Lebewesen geben, die sich *nicht* ausschließlich von Currywurst ernähren können.«

Der Plastikbaum war mit seinen eins achtzig zu lang, um auf dem Rücksitz Platz zu finden. Thanner warf die Tür zu.

»Und außerdem hat Simone eben …«, er klatschte in die Hände, »… *savoir vivre.*« Grinsend ging er zur Kofferraumklappe.

»Du meinst, die Alte hat Erfahrung«, sagte Schimanski und griente zurück.

»Stil, Horst. Stil!«

»Ach, deswegen der Plastikbaum?«, fragte Schimanski.

»Es sterben genug Bäume«, sagte Thanner und schloss den Kofferraum auf. »Außerdem nadelt er nicht.«

Er öffnete die Klappe und starrte verdutzt hinein. Fragend sah er zu Schimanski, aber der war genauso verblüfft wie er.

Im Kofferraum lag ein Mann. Er war Mitte dreißig, trug einen teuren braunen Anzug und einen ebensolchen Mantel. Abgesehen davon fiel auf, dass er mit groben Hanfseilen verschnürt war wie ein Paket in die Ostzone. Der Mund war mit breitem Klebeband verschlossen. Geblendet blinzelte er sie an.

Neben dem Mann stand eine klare, rechteckige Schnapsflasche. Schimanski griff danach und besah sich das Etikett.

»Mmmmmmhhh«, machte der Mann, aber Schimanski beachtete ihn nicht.

Er verzog den Mund und reichte Thanner die Flasche.

»Moltke«, sagte er.

Thanner nahm die Flasche und sah sie verständnislos an.

»Was, Moltke?«

»Ja hier, da! Danziger Goldwasser«, sagte Schimanski, als erkläre das irgendetwas.

Thanner schüttelte den Kopf. Er stellte die Flasche beiseite und begann, den Mann zu befreien.

»Schöne Bescherung«, sagte er.

***

Der Mann, der sich ihnen als Gerd Gress vorstellte, hatte offenbar eine freundlichere Behandlung durch die Polizei erwartet als die, die ihm nun zuteilwurde. Thanner schubste ihn vor sich her durch die schmalen, nach Bohnerwachs riechenden Gänge des Präsidiums. Gress hielt sich den beschmutzten braunen Mantel zu, offenbar noch durchgefroren von der Gefangenschaft in Thanners Kofferraum.

Schimanski folgte den beiden. Nachdenklich fuhr er sich mit den Fingern über den Schnäuzer. Beinahe wäre er mit Hänschen zusammengestoßen, der mit einer Flasche Deinhardt unter dem Arm und zwei Flaschen Martini in den Händen aus seinem Büro kam.

»Was ist los?«, fragte Hänschen in seinem weichen holländischen Akzent. »Ich denke, ihr sitzt schon längst unterm Tannenbaum.«

»Ja denkste«, sagte Schimanski. »Da kommt ein ganz dickes Ding auf mich zu ... Und was machst du noch hier?« Er griff nach Hänschens knallroter Krawatte und zwirbelte sie anerkennend zwischen den Fingern.

»Die Drecksarbeit. Wie alle Ausländer«, antwortete Hänschen und drückte mit dem Ellbogen auf die Klinke des gegenüberliegenden Büros. »Bereitschaft«, sagte er und wollte in dem Raum verschwinden, aber Schimanski hielt ihn am Arm fest.

»Pass auf«, sagte er. »Such mir gleich mal die Akte Pawlak raus. Das war ...«, er kratzte sich an der Nase, während er überlegte, »... das war November '78. Pawlak, Zbigniew. Zbigniew mit Zb und hinten ...«, er runzelte die Stirn und wedelte etwas ratlos mit der Rechten, »na, wie man's spricht ... Und stell mal fest, ob der schon draußen ist. Und wenn ja, dann gibt's Ärger. Hier ...«

Er zog das Danziger Goldwasser aus der Jackentasche und klemmte es Hänschen unter den freien Arm.

»Danke«, sagte der artig.

»Spurensicherung«, sagte Schimanski. »Fingerabdrücke.«

Hänschen verzog leicht enttäuscht das Gesicht.

Schimanski ging weiter in Richtung seines Büros.

»Ich hab diesen Knastpennern in Werl ausdrücklich gesagt, sie sollen mir rechtzeitig Bescheid geben, Mensch«, maulte er im Weggehen.

»Das haben Sie!«, rief Hänschen ihm nach.

Schimanski blieb stehen und sah ihn fragend an.

»Das Fernschreiben liegt seit vier Tagen auf deinem Schreibtisch.«

Schimanski schloss die Augen. »Auweia«, murmelte er und fuhr sich mit beiden Händen durch die Haare.

Dann betrat er sein Büro, während Hänschen sich fragte, wie er mit den Flaschen unter den Armen seine Tür aufbekommen sollte.

***

Thanner saß unter dem bereits nadelnden Adventskranz, den er gegen Schimanskis erklärten Willen unter die Decke gehängt hatte, und starrte auf das fast fertige Protokoll, das in der Schreibmaschine vor ihm steckte.

»Am 24. Dezember, gegen vierzehn Uhr dreißig«, las er vor, »wurde ich in der Küntzelstraße von drei jugendlichen Skinheads niedergeschlagen …«

Schimanski knallte die Tür hinter sich zu, was ihm ein missbilligendes Stirnrunzeln des Kollegen eintrug. Gress saß stumm auf dem Besucherstuhl und glotzte vor sich hin.

»Als ich zu mir kam, bemerkte ich, dass ich mich im Kofferraum eines Pkw befand«, las Thanner weiter. »Ich war gefesselt und geknebelt. Die drei Jugendlichen sind mir nicht bekannt …«

Thanner drehte sich irritiert auf seinem Stuhl um, als von nebenan ein veritabler Männerchor ertönte. Im Nachbarbüro stieg offenbar eine Weihnachtsfeier. Durch die offenen Jalousien sah man hinter den Glasscheiben eine Runde von mehr als zehn Kollegen wunderkerzenschwingend um einen festlich dekorierten Tisch sitzen.

»Na, die haben vielleicht Humor …« Thanner lauschte mit fassungsloser Miene. »Das darf doch nicht wahr sein«, murmelte er. »Die Drogenfahndung singt ›Leise rieselt der Schnee‹ …«

Mit einem resignierten Kopfschütteln wandte er sich wieder Gress und seiner Schreibmaschine zu.

»Wo war ich stehen geblieben, Herr Gress ... Ach ja: Ich war gefesselt und geknebelt. Die drei Jugendlichen ...«

Schimanski, der gerade noch mit finsterem Gesicht das Fernschreiben studiert hatte, das auf seinem Schreibtisch gelegen hatte, langte herüber und riss Thanner das Blatt aus der Maschine.

Thanner hob protestierend die Hand, aber Schimanski beachtete ihn gar nicht. Ohne einen Blick darauf knüllte er das Protokoll zusammen und warf es in seinen Papierkorb.

»Jetzt erzähl *ich* Ihnen mal 'ne Geschichte, die der Wahrheit vielleicht ein bisschen näherkommt«, sagte Schimanski zu Gress. Er pellte sich aus seiner Jacke und ließ sie nachlässig auf seinen Schreibtischstuhl fallen.

Thanner ließ die Schultern sinken und warf einen hoffnungslosen Blick auf seine Armbanduhr. Seine Schnurrbartspitzen sackten nach unten. Die Minuten tickten herunter, der Heiligabend näherte sich in rasenden Schritten, und wenn er noch den Baum aufstellen wollte, bevor Simone kam, wurde es langsam knapp. Wenn es nach ihm gegangen wäre, hätte er diesen Gress den Wisch unterschreiben lassen und sich um den Rest nach den Feiertagen gekümmert. Aber wenn der Kollege Schimanski jetzt beschlossen hatte, ein Fass aufzumachen, konnte er das natürlich vergessen. Vielleicht würde sich Simone auch mit Lachs und Champagner zufriedengeben – ohne Baum.

»Also ...«, Schimanski wickelte sich den Strickschal vom Hals und setzte sich vor Gress auf die

Schreibtischkante. Gress spitzte die Lippen und sah ihn in einer Mischung aus Arroganz und Widerwillen an.

»Am 12. Mai 1978 haben Sie einen Supermarkt überfallen, und zwar den im Liesenweg, Ecke ...«, Schimanski überlegte, aber nur kurz, »Ecke Friedrich-Naumann-Straße«, sagte er.

Gress' Mundwinkel hoben sich spöttisch, Schimanski ignorierte das.

»Bei diesem Überfall haben Sie 'nen Wachmann niedergeschossen«, fuhr er fort. »Aber dieser Wachmann, der hat einen Ihrer drei Komplizen durch 'nen Bauchschuss schwer verletzt.«

Gress sah ihn an, als könne er sich nicht entscheiden, ob er grinsen oder gähnen sollte, aber Schimanski sprach ungerührt weiter.

»Und als Sie feststellten, dass dieser Komplize keine Kraft mehr hatte, den Tatort aus eigener Kraft zu verlassen, da sahen Sie sich gezwungen, ihn durch einen *gezielten* Kopfschuss aus seiner misslichen Lage zu befreien. Und dieser ...«

»Entschuldigung«, wandte sich Gress an Thanner. Angewidert wies er mit ausgestrecktem Zeigefinger auf Schimanski. »Was soll das hier?«

Aber Thanner sah ihn nur kühl an. Er fragte sich das zwar auch, aber er würde Schimanski auf keinen Fall in die Parade fahren, wo der gerade so schön in Fahrt war.

»Und dieser Komplize«, fuhr Schimanski unbeeindruckt fort, »das war Bruno Pawlak. Der war damals neunzehn Jahre alt.«

Bisher hatte Schimanski sich einigermaßen erfolgreich um Contenance bemüht, auch wenn er es anders genannt hätte, aber damit war es nun vorbei. Zu lebendig war die Erinnerung an den Fall, auch wenn er neun Jahre her war. An den toten Jungen mit der Clownsmaske erinnerte er sich, als sei das alles erst vor ein paar Tagen geschehen. Seine Stimme wurde lauter.

»Und Bruno Pawlak hatte 'nen Bruder, Zbigniew Pawlak, genannt Moltke!«, brüllte er Gress an. »Den hatten Sie als Fahrer angestellt. Der saß im Fluchtfahrzeug und wartete.«

Er konnte die Geschichte jederzeit auswendig nacherzählen. Sie hatten damals eine Menge Arbeit darauf verwandt, den Ablauf nachzustellen, und er sah noch alle Details vor sich:

Die vier mit Masken unkenntlich gemachten Männer, bewaffnet mit Schrotflinten und Neunmillimetern, die dem Filialleiter eine Wumme an die Schläfe hielten und ihn zwangen, den Tresor mit den Wochenendeinnahmen zu öffnen. Die dann über die Laderampe auf den Hof flohen, wo mit laufendem Motor Zbigniews schwerer Mercedes-Kombi wartete.

Den Wachmann, der blöd genug war, wegen des Geldes seines gegen Überfälle versicherten Chefs das Feuer auf die Bande zu eröffnen und das mit einem Steckschuss in den Unterleib bezahlte, von dem er sich nie mehr ganz erholen würde.

Und den kaum erwachsenen Burschen mit der Clownsmaske, den der schwer verletzte Wachmann noch im Fallen mit gleich zwei Schüssen in Bauch und Oberschenkel erwischte.

Der Junge stürzte von der Rampe und blieb vor Schmerzen schreiend liegen, während die anderen die Beute im Laderaum des Kombis verstauten. Hilflos heulend kroch er über den Asphalt in Richtung des Wagens, auf seinen großen Bruder zu.

Zbigniew war sofort aus dem Wagen gesprungen, als er sah, was passiert war. Doch zwei der anderen hielten ihn mühsam fest, während der dritte, eine Pumpgun in den Händen, auf den Verletzten zuging.

In das durchdringende Geheul der Alarmanlage, das die Szene grell untermalte, mischten sich die ersten Martinshörner der sich nähernden Streifenwagen.

Als der Mann mit der Waffe Bruno erreicht hatte, umklammerte der Junge verzweifelt und schreiend seine Beine. Der Mann zögerte nur kurz, dann hielt er ihm den kurzen Lauf der Schrotflinte an die Stirn und drückte ab.

Zbigniew war nicht wieder in den Wagen gestiegen. Fassungslos war er auf seinen toten Bruder zugewankt, während hinter ihm der Mercedes mit durchdrehenden Reifen aus der Einfahrt des Supermarktes auf den Liesenweg hinausschoss und auf Nimmerwiedersehen verschwand.

Zbigniew Pawlak, genannt Moltke, war ein Hüne. Ein riesenhafter Kerl von beeindruckender Kraft. Sein kantiger Schädel und das ernste Gesicht unter dem dichten Bürstenschnitt taten ein Übriges, ihn zu einem Mann zu machen, der durch seine bloße Präsenz Respekt erzeugte.

Doch nun sank dieser Riese auf die Knie. Zärtlich, mit stockendem Atem, nahm er seinen Bruder in den Arm und weinte.

Und so kniete er noch da, zwischen Containern und Paletten, nass geregneten Kartons und ölschillernden Pfützen, wie ein fassungslos trauerndes Kind, als der erste Streifenwagen auf den Hof bog und die beiden Beamten mit gezogenen Waffen auf ihn zukamen.

»Sein eigener Bruder. In seinem eigenen Blut.« Schimanski starrte Gress angewidert an. »Mit eingeschossenem Kopf! Das kann kein sehr schöner Anblick gewesen sein für Moltke.«

Schimanski war von seinem Platz auf der Schreibtischkante aufgestanden und lehnte an einem der grauen Stahlaktenschränke, auf dem neben einer Batterieleuchte bis zum nächsten Sommer auch Thanners Tischventilator geparkt war.

Auch Gress war aufgestanden. Die Hände in den Taschen seiner elegant geschnittenen Hose stand er vor Schimanski, der ihm das schmierige Grinsen am liebsten aus dem Gesicht geprügelt hätte. Aber ihm war klar, dass er genau deshalb da stand. Er riss sich zusammen.

»Sie konnten damals entkommen«, sagte er. »Mit der gesamten Beute. Wie viel waren's? Eins Komma ...« Er sah fragend zu Thanner, der sich das Ganze schweigend von seinem Schreibtisch aus ansah. Aber Schimanski brachte die Zahl auch ohne seine Hilfe zusammen. »... eine Million vierhundertneunzigtausend Mark. Die Sie gewinnbringend in Immobilien anlegen konnten.«

Gress trat noch einen Schritt näher an Schimanski heran und lachte kopfschüttelnd. Schimanski ließ sich auch dadurch nicht beirren.

»Moltke ging dafür neun Jahre in 'n Knast«, sagte er. »Weil wir ihn ja erwischt haben, wie er mit seinem Bruder im Arm da auf dem Boden vor dem Supermarkt kauerte und heulte ... Und nun ist Moltke ein paar Tage wieder draußen, und da werden Sie, als Weihnachtspaket verschnürt, in den Kofferraum unseres Autos gelegt.«

Jetzt war es Schimanski, der lachte, in Erinnerung an die Situation, in der sie den feinen Herrn Gress vorgefunden hatten. Er sah beifallheischend zu Thanner, aber der schien sich mehr für seine Armbanduhr zu interessieren.

»Ich mein, die Idee ist irgendwie originell …«, endete er. »Das ist meine Geschichte.«

»Ja«, sagte Gress gelangweilt. »Ihre.«

»Ja!« Schimanski wies wütend in Richtung des Papierkorbs, in der das angefangene Protokoll lag. »Und die ist besser als *die.*«

»Also gut.« Gress zuckte nachsichtig die Achseln. »Moltke … Ich kenn nur *General von* Moltke. Schlacht bei Sedan. Den großen Schweiger.«

»Richtig. Genau.« Schimanski nickte in gespielter Bewunderung. »Der große Schweiger. Hat neun Jahre da drin die Klappe gehalten. Und nun ist Moltke wieder draußen, und jetzt ist wahrscheinlich Rache angesagt.«

Gress grinste noch immer, aber sogar Thanner fiel auf, dass es ein wenig angestrengt wirkte.

ZWEI

Schimanski betrat das Winterlager des kleinen Zirkus. Er drängte sich zwischen gestapelten Requisiten, Kisten, Klappbänken und Werkzeugen hindurch zu der Halle, in der die Käfigwagen mit den Raubtieren standen.

Der Raum war erfüllt vom Geruch der großen Katzen und von ihrem bedrohlichen Grollen. Ein Tiger und drei Löwen schlichen in ihren Käfigen auf und ab; in einem anderen kauerten ein Eis- und ein Braunbär.

Schimanski hatte sich nicht geirrt. In der Mitte der Halle, zwischen den Wagen, saß Moltke mit dem Rücken zu ihm auf einem Hocker. Er bemerkte ihn nicht. Moltke hatte auch früher in einem kleinen Zirkus wie diesem als Tierpfleger gearbeitet, bis er auf den tödlich dummen Gedanken gekommen war, es mit einem bewaffneten Raubüberfall zu versuchen. Schimanski hatte darauf gewettet, dass er ihn wieder in der Nähe von Tieren finden würde.

Er schüttelte zweifelnd den Kopf. Der Mann war ihm immer ein Rätsel geblieben. Er hatte nie etwas erklärt. So gewaltig sein Körper war, so groß seine Schuld, die er so geduldig abgesessen hatte – am meisten hatte Schimanski immer seine monumentale Ruhe beeindruckt. Wie er da saß, in seinem grob gewebten Wintermantel, wirkte er unerschütterlich.

Selbst die Bären und Raubkatzen in ihren Käfigen schienen die Kraft des Mannes zu spüren. Sie ließen ihn nicht aus den Augen, während er mit tiefer, ruhiger Stimme auf Polnisch zu ihnen sprach. Fast hatte

Schimanski den Eindruck, sie hingen an seinen Lippen wie irgendeinem Heiligen, der ihnen was vom lieben Gott erzählte.

Moltke hatte immer besser mit Tieren als mit Menschen umgehen können. Im Knast hatten sie ihm sogar erlaubt, eine Dohle zu halten, die er im Gefängnishof mit gebrochenem Flügel gefunden und dann gesund gepflegt hatte.

Langsam trat Schimanski von hinten an ihn heran.

»Na, Moltke?«, sagte er.

Moltke erstarrte.

»Schimanski«, sagte er leise, ohne sich umzudrehen.

»Lange nicht gesehen«, sagte Schimanski.

Moltke starrte weiter geradeaus. Die Löwen im Käfig neben ihm begannen, unruhig umeinanderzulaufen. Schimanski warf einen skeptischen Blick in ihre Richtung.

»Ich hab dein Paket bekommen ... Danke«, sagte er und schlug ihm kräftig auf die Schulter.

Moltke zuckte kurz, aber er blieb sitzen wie zuvor und kehrte ihm weiter den Rücken zu. Schimanski steckte die Hände in die Taschen seiner Jacke. Ärgerlich kniff er die Lippen zusammen. Er hatte keine Ahnung, wie er diesen Klotz zum Reden bringen sollte, aber er musste es versuchen. Nervös spielte er mit der Kripomarke in seiner Tasche.

»Also Gress war einer von ihnen«, sagte er. Langsam ging er um Moltke herum, der weiter stur an ihm vorbeistarrte. »Was ist mit den andern? ... Hm?«

Natürlich erhielt er keine Antwort. Er zog die Marke aus der Tasche, drehte ihre Kette um die Finger. »Ach ehrlich, du ...«, sagte er genervt. »Ich mag das Spielchen nicht ... Wo liegt der Witz, hm?«

Mit gutem Willen hätte man ein sanftes Lächeln auf Moltkes Gesicht erkennen können, aber Schimanski hatte gerade keinen guten Willen.

»Willst du mich verarschen?«, fragte er heftig. »Das ist kein Indianerspiel ... Ich bin Polizist, jawohl!«

Er hielt Moltke seine Marke unter die Nase. Ganz langsam wandte Moltke ihm den Blick zu. Nun lächelte er wirklich – amüsiert. Mit einer ruhigen Bewegung griff er nach der Marke. Einen Moment lang hielt er sie fast zärtlich in seiner Pranke, dann riss er Schimanski die Kette einfach aus den Fingern.

»Mach kein' Scheiß«, sagte Schimanski. Ärgerlich schüttelte er den Kopf. »Gib das Ding her.«

Moltke erhob sich langsam, die Marke an ihrer Kette haltend, und ging ruhig an den Käfigen entlang. Schimanski lief neben ihm her und versuchte, nach der Marke zu greifen.

»Du bist wohl total bescheuert, Mann!«, zeterte er. »Das Ding, das brauch ich doch! ... Sonst glaubt mir wirklich keiner, dass ich Bulle bin.«

Moltke blieb vor dem Käfig stehen, den sich die beiden Bären teilten. Er sah Schimanski an und warf die Marke mit einer beiläufigen Bewegung durch die Gitterstäbe in den Käfig hinein.

Sofort näherte sich der Eisbär und begann, neugierig daran herumzuschnüffeln.

»Und nu?«, fragte Schimanski.

Als Antwort erhielt er ein mildes Lächeln. Mit einer Kopfbewegung deutete Moltke auf den Käfig.

Hol sie dir, hieß das wohl.

Schimanski wandte sich dem Käfig zu. Er hatte keine Ahnung gehabt, wie groß ein Eisbär tatsächlich war. Eigentlich kannte er sie nur von Heinz Sielmann, und im Fernsehen wirkten sie immer recht putzig, wenn sie so durch den Schnee liefen. Aber aus einem Meter Entfernung war der Eindruck ein ganz anderer.

Das Tier richtete sich halb auf und stieß dabei an die Decke des Käfigs, der nach Schimanskis Schätzung mindestens zwei fuffzig hoch war. Mit einem donnernden Brummen ließ es sich dann wieder auf alle viere fallen. Der Bär gähnte und entblößte dabei zwei furchterregende Reihen gelblicher Zähne. Und er hatte Mundgeruch. Ein paarmal noch stupste er mit der Nase an Schimanskis Marke, knabberte an der Kette herum, dann schien er das Interesse zu verlieren.

Schimanski sah zu Moltke, der ihn weiter nur unergründlich anlächelte.

Der Eisbär hatte sich etwas vom Gitter entfernt. Schimanski näherte sich ganz langsam dem Käfig. Vorsichtig hob er die Hand und schob sie zwischen die Gitterstäbe. Zentimeter für Zentimeter tastete er sich in Richtung der Marke vor. Er hatte sie fast erreicht, als der Eisbär urplötzlich herumfuhr. Die Bewegung vollführte er in einer Geschwindigkeit, die Schimanski angesichts der massigen Größe des Tieres unvorstellbar erschien. Obwohl er schnellstens den Arm aus dem Käfig zog, knallte die Pranke des riesigen Bären nur Zentimeter neben seiner Hand auf die Bodenplanken des Käfigs und begrub die Marke unter sich.

Zudem schien die Laune des Eisbären durch sein unbotmäßiges Eindringen gelitten zu haben. Er stieß ein heiseres Brüllen aus, dann stürzte er sich auf den Braunbären und vergrub seine Zähne in dessen Nacken.

Moltke zuckte lächelnd die Schultern.

***

»War das nicht so ‘n Pole?«, fragte Kriminalrat Königsberg. »Tierpfleger, oder?«

»Ja. Hier aus ‘m Zirkus«, antwortete Schimanski.

Königsberg nahm die nächste Weihnachtsgrußkarte von dem beeindruckenden Stapel, der vor ihm auf dem Schreibtisch lag.

»Aber ‘nen leichten Schatten hatte der ...«, sagte er schmunzelnd.

Schimanski war sich nicht sicher, ob die heitere Laune seines Chefs von dem Gedanken an Moltkes »Schatten« oder der Botschaft der Weihnachtskarte herrührte. Neben dem Kartenstapel standen eine angebrochene Flasche Chantré mit einem Weihnachtsgrußanhänger und ein leerer Cognacschwenker. Schimanski sparte sich jeden Kommentar. Immerhin war Königsberg trotz einsetzenden Heiligabends noch hier im Präsidium, auch wenn sein Büro weihnachtlicher aussah als jedes Wohnzimmer, in dem Schimanski je gelebt hatte – eingeschlossen das elterliche in der Homberger Zechensiedlung. Sogar das großformatige und absolut trostlose Schwarz-Weiß-Foto vom Walsumer Kraftwerk, das die Blödmänner vom K3 Königsberg mal zum Geburtstag geschenkt hatten, war mit einer Girlande aus rotem Stanniol geschmückt.

»Einen Schatten ...«, sagte Schimanski. »Na ja, ich mein ... wer hat den nicht von uns?«

Lächelnd schüttelte Königsberg den Kopf und griff nach der nächsten Karte, wahrscheinlich eine von der Staatsanwaltschaft, und Schimanski wurde klar, dass es wenige Dinge oder Termine gab, die er mehr hasste als Weihnachten. Zahnarztbesuche vielleicht. Aber Weihnachten war öfter.

»Die Flasche«, sagte er, »der Schnaps, der war auf

jeden Fall für mich bestimmt. Ich hab ihm jedes Jahr ‘ne Flasche Danziger Goldwasser in den Knast geschickt. Na, weil er doch aus Danzig kommt …«

Königsberg schenkte ihm einen nachsichtigen Blick.

»Hm … Wollte ihm damit nur zeigen, dass ich weiter an seinem Fall arbeite.« Schimanski wandte sich ab. Es sollte protestierend wirken, aber in Wahrheit tat er es, weil er genau wusste, dass sein Chef ihn generell nicht ernst nahm, wenn er sich aufregte. Oft genug hatte Königsberg ihn damit fast in den Wahnsinn getrieben. Nervös fummelte er an seinem Schal herum. Er schloss die Augen und holte Luft.

»Und jetzt schickt er mir die Flasche zurück«, sagte er entschieden. »Zusammen mit Gress. Was heißt ‘n das? Das heißt doch nichts weiter, als dass Gress mit von der Partie war, oder?«

Königsberg legte die Postkarte weg und sah ihn an.

»Weißt du überhaupt, wer Gress ist?«, fragte er und stand von seinem Schreibtischstuhl auf. Er nahm die Chantréflasche und ging zum Sideboard hinüber. Dort schenkte er in einen der Schwenker ein, die daraufstanden, und reichte ihn Schimanski. »Gerd Gress? Gress-Immobilien. Der Mann bewegt *Millionen*.«

»Tsss …«, machte Schimanski und griff nach dem Glas. »Millionen! Heute vielleicht. Hast du die Beton-Scheiße mal gesehn, die der als Luxuswohnungen verkauft? Da krieg ich aber das Kotzen, du …«

Königsberg setzte sich neben ihn und schenkte sich selbst ebenfalls ein Glas ein.

»Und weißt du, woher die Kohle kommt?«, fragte Schimanski atemlos. »Aus ‘m Bruch! Aus ‘m Bruch hier vom Supermarkt! Eins Komma fünf Millionen! ‘n schönes Anfangskapital. Findste nicht auch?« Er setzte das Glas an und stürzte den Inhalt hinunter.

»Pass bloß auf, dass du dich nicht in was verrennst«, sagte Königsberg. »Prost ...« Er nippte an seinem Schwenker, dann sah er auf den Anhänger an der Flasche. »Na, wenigstens von Cognac versteht er was, der Oberstaatsanwalt ...«, murmelte er.

Schimanski griff sich ein halbes Dutzend Marzipankartoffeln von dem buntem Teller auf dem Beistelltisch und stopfte sich drei oder vier davon in den Mund. Unterzuckern würde er heute nicht mehr. Königsberg schenkte ihm nach, und er spülte die klebrigen Kugeln mit einem ordentlichen Schluck guten deutschen Weinbrands hinunter. Königsberg deutete ein Anstoßen an und nahm ebenfalls einen kräftigen Schluck.

Karl Königsberg wäre ein toller Chef, wenn er nicht zwischendurch immer so ein Arsch wäre, dachte Schimanski.

Es klopfte schüchtern an Königsbergs Tür, und Thanner steckte den Kopf herein.

»Ah! Thanner!«, rief Königsberg aufgeräumt.

Thanner nickte beflissen, und Schimanski fragte sich, was mit ihm eigentlich nicht Ordnung war. Irgendwie lief der Dicke unrund in den letzten Tagen. Als wäre er abgelenkt oder so. Erzählte Quatsch von Außerirdischen, die es dann angeblich doch nicht gab. Und kaufte Plastiktannen für irgendwelche Düsseldorfer Kunst-Tussis.

Aber Königsberg grinste Thanner freundlich an und stellte sein Glas ab. »Netter Abend, neulich bei Ihnen. Sehr sympathische Frau, Ihre Simone ...« Er stand auf, nahm die Flasche Chantré mit und ging erneut zum Sideboard, wo er auch Thanner ein Glas einschenkte. »Na, haben Sie sich das mal überlegt mit der Planstelle in Düsseldorf? Interessanter Job, Dezernatsleiter …«

Schimanski fuhr in seinem Sessel herum. Er glaubte, seinen Ohren nicht zu trauen.

Düsseldorf?

Dezernatsleiter?

Thanner?

»Synthetische Drogen, da kommt noch allerhand auf uns zu«, sagte Königsberg und reichte Thanner das Glas. Der zupfte unsicher an seinem Revers herum und bemühte sich vergeblich, Schimanski nicht anzusehen.

»Die Stelle ist nix für dich, Horst …«, sagte Königsberg in gemütlichem Ton und stieß mit Thanner an.

»Hab ich was gesagt?«, brummte Schimanski nur.

Thanner sah unsicher auf seinen Cognacschwenker, als wisse er nicht, was er damit anfangen solle.

Schimanski stand auf. Mit einer entschlossenen Bewegung stürzte er den Rest des Weinbrands hinunter, dann knallte er das Glas auf den Tisch.

»Gratuliere«, sagte er und ging zur Tür.

»Ich hab ja noch gar nicht …«, sagte Thanner protestierend.

Schimanski machte eine abfällige Handbewegung und legte die Hand auf die Türklinke.

»Was ist jetzt mit Gress?«, fragte Thanner.

»Wie?«, fragte Königsberg verblüfft. »Ist der immer noch *da*?«

»Ja«, antwortete Thanner.

Schimanski war schon fast aus der Tür, aber Thanner packte ihn am Unterarm und zog ihn wieder in Königsbergs Büro zurück.

Mit einer ärgerlichen Bewegung befreite sich Schimanski aus Thanners Griff. »Ja. Der ist immer noch *da*«, blaffte er. »Und der bleibt auch noch 'ne Weile hier!«

Thanner straffte sich und tippte sich an die Stirn.

»Wegen 'ner Flasche Danziger Goldwasser! Da lacht dich jeder Haftrichter aus!«, sagte er entschieden.

»Hömma ...« Schimanski machte eine ärgerliche Geste in Richtung des Kollegen.

Königsberg sah sie an, als glaube er nicht, was er gerade gehört hatte. »Wie lang ist der denn schon da?«, fragte er. »Hat er nach 'nem Anwalt verlangt?«

Schimanski hob fragend die Hände. »Nach 'nem Anwalt? Also, bei mir nicht ...«

Thanner nickte betreten. »Hänschen hat grad einen gerufen«, sagte er. »Der junge Cantz ist unterwegs.«

Königsberg studierte angelegentlich das Etikett der Weinbrandflasche und lächelte traurig.

»Na dann ... Frohe Feiertage«, sagte er.

***

»Hier, kannste ruhig aussaufen.« Der Schlauberger von der Spurensicherung drückte Schimanski die Flasche Danziger Goldwasser in die Hand und grinste schmierig. »Außer deine Fettfinger ist nix drauf. Und getz lass uns bloß in Ruhe. Ab siebenundzwanzigsten ist wieder geöffnet. Prost. Und frohes Fest.« Damit verschwand er in seinem Büro und ließ Schimanski auf dem Gang stehen.

Der schüttelte die Flasche und sah zu, wie die kleinen Blattgoldfetzen langsam nach unten schwebten.

Schließlich versuchte er, die Flasche aufzuschrauben, aber er hatte tatsächlich Fettfinger. Erst als er seinen Schal zu Hilfe nahm, bekam er den Verschluss auf. Er setzte die Flasche an und trank einen Schluck.

Zu süß, das Zeug, dachte er. Aber wegen dem Geschmack hatte er nicht getrunken. Schon eher, um sich auf den Besuch vorzubereiten, der ihn in seinem Büro erwartete. Er öffnete die Tür und trat ein.

»... einer der letzten Orte auf der Erde, wo es noch Riesenschildkröten gibt«, sagte Rechtsanwalt Cantz gerade zu Königsberg, der neben ihm im Büro stand. »Aber Weihnachten muss man einfach zu Hause feiern ...«

Schimanski nahm noch einen zweiten Schluck. Dann schraubte er die Flasche wieder zu und stellte sie auf seinen Schreibtisch.

»Hallo, Herr Schimanski«, sagte Cantz mit anzüglichem Lächeln. Gress saß auf einem der Besucherstühle und grinste Schimanski dreist an.

»Hallo, Herr Cantz.« Schimanski ließ sich in seinen Stuhl fallen. Hänschen lehnte neben seinem Schreibtisch an der Wand und versuchte, so neutral wie möglich zu gucken. Wie meistens gelang ihm das auf eine Art, die eigentlich eine Frechheit war, aber das konnte man ihm nicht nachweisen. Gelangweilt spielt er mit seiner roten Krawatte.

»Ist *das* die Flasche?«, fragte Cantz.

Schimanski sparte sich eine Antwort. »Wie geht's?«, fragte er stattdessen.

»Zu Hause ging's mir besser«, sagte Cantz. »Aber ich denke, wir kriegen das hier schnell über die Bühne.«

»Da müssen wir aber gute Schauspieler sein«, sagte

Schimanski und starrte das Fernschreiben der JVA Werl an, das vor ihm lag und das er vier Tage lang übersehen hatte.

»Jetzt wird's mir aber zu blöd, Herr Schimanski«, sagte Cantz scharf. »Herr Gress ist überfallen worden und wird dann noch drei Stunden von Ihnen festgehalten. Ohne die geringste Grundlage eines Verbrechens beschuldigt. Sie hindern ihn daran, seinen Anwalt zu verständigen. Finden Sie nicht, dass das ein bisschen viel ist?«

»Sie tun Ihren Job. Ich tu meinen«, sagte Schimanski kühl.

»Ich habe keine Lust mehr, mit Ihnen zu diskutieren. Ich glaube, es ist alles gesagt«, entgegnete Cantz.

Schimanski sah zu Königsberg, aber der schaute zu Thanner, der ihm servil zunickte.

Gress stand auf und zog sich den eleganten braunen Mantel über. Wieder hätte Schimanski ihm das selbstgefällige Grinsen am liebsten aus dem Gesicht geprügelt.

Cantz griff nach seinem Aktenkoffer. »Frohe Festtage, die Herren«, sagte er.

»Danke schön«, antwortete Thanner artig.

Königsberg geleitete den Anwalt zur Tür. »Grüßen Sie bitte Ihren Herrn Vater schön«, sagte er. »Was macht sein neues Buch?«

»Wird immer dicker«, antwortete Cantz fröhlich.

»Ethik im Strafrecht …« Königsberg nickte. »Ein weites Feld. Aber er hat ja Zeit.«

Gress und Cantz verabschiedeten sich höflich; Thanner schloss die Tür hinter ihnen.

Schimanski stand auf und trat zu Königsberg.

»Karl, ich sag dir, das sind zwei absolute Vollärsche!«, sagte er. »Zumindest der eine«, schränkte er ein, als Königsberg ihn scharf ansah.

»Sei bloß froh, dass Weihnachten ist«, sagte Königsberg nur und reichte Thanner die Hand. Dann nahm er seinen Aktenkoffer und öffnete die Tür. »Frohes Fest«, sagte er noch und ging hinaus.

»Herr Königsberg, auf Wiedersehen ...«, sagte Thanner beflissen.

»Thanner, das wird ‘ne lange Nacht für uns, du ...«, sagte Schimanski, als Königsberg aus der Tür war.

Thanner summte »Leise rieselt der Schnee« und griff nach seinem Autoschlüssel, der auf seinem Schreibtisch lag.

»Observieren ist angesagt«, sagte Schimanski.

Thanner summte weiter. Direkt vor Schimanski blieb er stehen und tippte sich mit dem Zeigefinger an die Stirn, ohne sein Liedchen zu unterbrechen. Dann ging er zur Tür und verschwand ohne ein Wort des Abschieds.

Schimanski sah ihm nach und unterdrückte die Bemerkung, die er ihm gerne nachgebrüllt hätte.

»Hänschen!«, rief er stattdessen, aber der saß hinter seinem Schreibtisch und schüttelte den Kopf.

»Bereitschaft!«, rief er im gleichen Ton zurück. »Traurig, aber warm ...«

Immerhin zog er mit tröstender Miene ein Blatt aus seiner Jackentasche.

»Hier«, las er vor. »Ariane Jeegers, verwitwete Pawlak. Bedient in der ›Sternschnuppe‹, Moerser Straße.« Er hielt Schimanski das Blatt hin. »Viel Spaß«, sagte er.

Schimanski brummte etwas Unverständliches und steckte das Blatt zusammen mit der Flasche Goldwasser in die ausgebeulte Tasche seiner Jacke. Dann ging er hinaus. Er hatte eine Idee, wen er auf Gress ansetzen konnte.

Er fand Kommissarsanwärter Schäfer im Aufenthaltsraum der Bereitschaft. Er saß allein an einem Tisch, wie er meistens allein saß, weil jedes Mal, wenn er irgendwo auftauchte, allen im Raum plötzlich wichtige Termine einfielen. Schäfer war nicht nur eine furchtbare Nervensäge, sondern auch ein ziemlicher Trottel, der die Kommissarsprüfung im Leben nicht schaffen würde. Das jedenfalls hoffte jeder im Präsidium, der mit ihm zu tun hatte.

Als Trottel war er aber immerhin gutmütig. Deshalb war er genau der Mann, den Schimanski jetzt brauchte.

»He, Schäfer«, sagte er und strahlte ihn an. »Frohes Fest!«

Schäfer wollte gerade einen Löffel zum Mund führen und hielt mitten in der Bewegung inne, offenbar völlig verdutzt über die freundliche Ansprache.

»Frohes Fest«, antwortete er.

Vor ihm stand ein Teller mit Baguette, Zitronenvierteln und einem kleinen Glas Kaviar, daneben eine halbe Flasche Rotwein und ein Plastikbecher. Auf dem Tisch brannte eine Kerze, und aus einem Transistorradio sang ein Kinderchor Weihnachtslieder. Offenbar war Schimanski hier in eine sehr persönliche Weihnachtsfeier geplatzt.

»Hast dich abgeseilt, hm?«, fragte er. »Versteh ich doch …«

»Nee, nee.« Schäfer machte eine abwehrende Geste. »Ich wollt nur in Ruhe essen. Ich geh gleich wieder nach unten, Herr Schimanski.«

»Okay, okay, okay …«, beruhigte Schimanski ihn voller Verständnis. Er ging zum Tisch und beugte sich zu Schäfer hinunter. »Du musst mir 'nen kleinen Gefallen tun«, sagte er verschwörerisch.

Schäfer strahlte über das ganze bebrillte Gesicht. »Ja gerne! Wenn ich kann«, sagte er.

»Hast du 'n Auto?«, fragte Schimanski.

»Ja.« Schäfer nickte eifrig und zog sofort einen Schlüssel aus der Tasche. »'n kleinen Peugeot. Wenn Sie wollen, können Sie ihn gleich mitnehmen.«

»Nee, lass mal!« Schimanski winkte heftig ab. »Die Sache ist folgende …« Er ging um den Tisch herum und legte dem jungen Mann die Hand auf die Schulter. »Da ist so ein Arsch, Gress, den müssen wir beschatten.« Er zog seinen Notizblock aus der Jackentasche und kritzelte Gress' Anschrift darauf. »Hier ist die Adresse. Sobald der sich bewegt, dann rufste mich an …«

Er drückte Schäfer den Zettel in die Hand. Der starrte erst den Zettel, dann Schimanski verständnislos an.

»Das Ganze ist nicht offiziell«, flüsterte Schimanski und sah bedeutungsvoll zur Tür. »Das muss unter uns bleiben, hm?«

»Ja. Ganz klar«, beeilte sich Schäfer zu bestätigen. »Aber wann soll das denn losgehen?«

»Na, jetzt …«, sagte Schimanski. »Jetzt eben, jetzt gleich.«

Schäfer glotzte ihn an, als spreche er Chinesisch.

»Jetzt sofort?«, fragte er.

»Ja. Genau, jetzt.« Er packte Schäfer am Arm und zog ihn vom Stuhl hoch. »Komm, schieb ab«, sagte er und schubste ihn in Richtung Tür.

Schäfer warf noch einen letzten zweifelnden Blick auf sein Weihnachtsfestmahl, dann ging er gehorsam aus dem Raum.

Schimanski setzte sich. Der Anblick des Baguettes erinnerte ihn daran, dass er seit dem Frühstück nichts gegessen hatte, und das hatte auch nur aus einer Tasse Kaffee bestanden. Er riss ein Stück von dem Weißbrot ab und bestrich es mit Schäfers Fischmarmelade. Er wollte gerade das erste Stück abbeißen, als Schäfer wieder in der Tür stand. Leicht verlegen putzte er seine Brille.

»Herr Schimanski, ich hab noch mal 'ne kleine Frag–« Als er die Brille wieder aufsetzte und sah, was Schimanski tat, brach er den Satz ab.

»Was ist denn?«, fragte Schimanski.

Schäfer riss sich zusammen und fing sich halbwegs wieder. »... 'ne kleine Frage«, fuhr er stammelnd fort. »Wie ist 'n das so, wenn man zum ersten Mal zu 'nem Ermordeten kommt und ... äh ... 'ne Leiche ... sieht?«

Schimanski breitete die Hände zu einer großzügigen Geste aus.

»Du, sobald ich 'ne neue Leiche habe, zeig ich sie dir!«, sagte er. »Ist doch klar, Mensch!«

Schäfer wirkte nicht überzeugt.

»Du bist mein Gast!«, sagte Schimanski und sah ihn treuherzig an.

Schäfer nickte tapfer. Er sah noch einmal traurig auf seinen Kaviar, dann ging er hinaus.

Schimanski nahm den ersten Bissen von seinem Kaviarbrot. Genussvoll verdrehte er die Augen. Er hatte keine Ahnung gehabt, wie gut dieses Zeug schmeckte. Neben dem Teller lag der Deckel des Glases. Schimanskis Blick fiel auf das kleine gelbe Preisschild, das daraufklebte.

»DM 83,–«, stand da.

Ihm blieb der Mund offen stehen.

»Also das is ja …«, murmelte er. Dann kratzte er eilig den Kaviar von dem Brot zurück ins Glas und war froh, dass es Schäfers und nicht Thanners war.

DREI

Schimanski betrat die »Sternschnuppe« und sah sich um. Auch hier war Weihnachten, aber ein ganz anderes. Die Neonröhren an der Decke versuchten erst gar nicht, gemütlich zu wirken. Die Spielautomaten an den Wänden blinkten vor sich hin, und ihr aufdringliches Gedudel mischte sich in den öden Discoschlager aus der Jukebox, als gehöre es dazu.

An dem Tisch neben der Tür versuchte eine verlebte alte Dame mit fröhlichem Gesicht und einem Tannenzweig am kecken Hütchen, zwei Schwarzafrikanern Mau-Mau beizubringen.

»Nääá! Hömma«, blökte sie gut gelaunt. »Bube auf Bube, dat geht nich. Da krisse Äääds von!«

Die beiden Schwarzen tauschten einen ungläubigen Blick.

»Zeig ma, wat hasse denn da? Hier die Sieben musse drauftun, dann muss der Kollege zwei nehmen.«

Es waren eine Menge Leute da, deren Zuhause an einem Tag wie diesem eine einsame Hölle war und die deshalb lieber in der »Sternschnuppe« saßen. Hier waren sie wenigstens nicht alleine einsam.

Es gab Alte und Junge, Müslis und Malocher, Kleinkriminelle und Schalterbeamte, Schwarze, Gelbe, Weiße und Graue.

An einem Tisch saß ein Typ, der aussah wie ein Lude, zusammen mit zwei Frauen, die aussahen wie Nutten. Schimanski kannte alle drei. Sie sahen nicht nur so aus. Die Brünette hatte früher in einem Puff in Stahlhausen gearbeitet, den die Kollegen vom RD wegen

Kokainhandels dichtgemacht hatten. Die Blonde kraulte gerade einen jungen Boxermischling, den jemand am Nachbartisch angeleint hatte. Sie trug ein pinkfarbenes Strickkleid mit breitem schwarzem Ledergürtel und hatte Schimanski schon mal die ein oder andere Information zugesteckt. Das durfte ihr Lude aber nicht wissen.

»Das wär aber nicht nötig gewesen ...«, sagte der gerade. Er war goldbekettet, und seine Locken wurden langsam schütter. Wohlwollend betrachtete er eine goldene Armbanduhr, die die Brünette ihm soeben als Weihnachtsgeschenk überreicht hatte. Die Blonde warf einen pikierten Blick darauf und ging dann mit schwingendem Hinterteil zur Musikbox, um den einen Discomist durch einen anderen zu ersetzen. Der Boxermischling sah ihr traurig hinterher.

Schimanski grinste. Familienstreit zu Weihnachten gab's also sogar hier. Ein echtes Heim eben.

Der Lude zumindest war tatsächlich in weihnachtlich großherziger Stimmung. Er zog die alte Armbanduhr aus und drehte sich auf seinem Stuhl zum Nachbartisch, an dem ein einsamer Rentner in sein Pils starrte.

»Ey, Alter. Wat is?«, fragte der Lude. »Kannste 'ne Uhr gebrauchen? Vom Weihnachtsmann.«

Der Rentner nahm die Uhr und sah sie an. »'ne Automatik«, sagte er, einigermaßen beeindruckt.

Schimanski lehnte sich an die Theke und beobachtete Ariane Pawlak. Ein Tablett in der Hand ging sie durch den Raum, bediente, räumte ab, nahm Bestellungen auf. Alles auf die lässige, aber zügige Art eines Profis. Die große, schlanke Frau bewegte sich hier wie ein Fisch im Wasser.

Allerdings waren ihr die neun Jahre anzusehen, die sie älter geworden war, seit Schimanski sie das letzte Mal gesehen hatte. Es war beim Prozess gegen Moltke gewesen.

»'n Abend, Frau Pawlak«, sagte er, als sie ihr Tablett hinter der Theke abstellte. »Na, wie läuft der Laden? Gut?«

Sie warf ihm stumm einen finsteren Blick zu und begann, ein Pils zu zapfen. Das lange braune Haar hatte sie zu einem seitlichen Pferdeschwanz gebunden. Sie trug an einem Ohr eine große Creole, und ihre Augen unter den dichten Brauen waren dick mit Kajal umrandet, der ziemlich mit dem grellroten Lippenstift kontrastierte. Sie war nicht wirklich eine Schönheit, aber das herbe Gesicht mit den etwas zu eng stehenden Katzenaugen strahlte immer noch die Stärke aus, die Schimanski schon damals beeindruckt hatte.

Er versuchte es erst mal freundlich.

»Ihr Schwager ...«, er lachte heiter, »... is schon 'n komischer Typ. Ich mein ...«

Aber offenbar war das nicht der Ton, mit dem er Erfolg haben würde. Sie funkelte ihn an.

»Finden Sie?«, fragte sie ätzend.

Er versuchte es ein bisschen sachlicher. »War Moltke denn schon hier und hat Guten Tag gesagt?«.

Sie schloss den Zapfhahn und schüttelte den Kopf.

»Nein«, sagte sie.

Sachlich oder nicht – Schimanski spürte, dass es hier und jetzt kaum etwas zu holen gab. »Kennen Sie Gress?«, fragte er. »Gerd Gress?«

Wieder erhielt er nur ein Kopfschütteln und ein trockenes »Nein« zur Antwort. Es war zwecklos. Müde verschränkte er die Arme auf der Theke und senkte den Kopf. Am liebsten hätte er die Augen zugemacht und geschlafen. Einfach so, direkt hier an der Theke. Thanner fiel ihm ein, der jetzt zu Hause mit seiner Simone unter dem Plastikbaum saß und Schampus trank. Er überlegte gerade, was er trinken sollte, erst ein Bier oder direkt einen Schnaps oder beides, als ein Gegenstand langsam von oben in sein Gesichtsfeld gesenkt wurde.

Es war seine Dienstmarke, wie er ungläubig feststellte. Er griff danach und fuhr herum.

Hinter ihm stand Moltke. Er sah Schimanski gar nicht an, sondern seine Schwägerin, die ihn glücklich anlächelte. Offenbar hatte sie nicht gelogen, als sie gesagt hatte, dass er noch nicht da gewesen war. Moltke ging zu einem freien Tisch und setzte sich.

»Geben Sie mir einen Wodka«, sagte Schimanski zu Ariane. »Quatsch einen! 'ne ganze Flasche!«

Sie stellte den Wodka wortlos vor ihm auf die Theke. Das strahlende Lächeln war wieder verschwunden und ihr Gesichtsausdruck keinen Deut freundlicher als zuvor.

Schimanski griff sich die Flasche und ging zu Moltkes Tisch. Moltke war gerade dabei, die Kerze in dem schütteren Weihnachtsgesteck anzuzünden. Schimanski schob mit dem Unterarm alles, was im Weg stand, beiseite und knallte die Flasche mitten auf den Tisch. Er ließ sich auf den Stuhl neben Moltke fallen und grinste ihn an.

Moltke erwiderte seinen Blick skeptisch. Als Schimanski versuchte, ihm freundschaftlich auf den Unterarm zu schlagen, zog er ihn weg, sodass Schimanskis Hand auf die Tischplatte klatschte.

Schimanski nahm die Flasche und schraubte sie auf. Gläser hatte er keine mitgebracht. Die würden sie nicht brauchen.

Schimanski drehte den Wasserhahn an dem schmuddeligen Waschbecken auf. Er ließ das kalte Wasser über seine Handgelenke laufen und warf sich ein paar Hände voll ins Gesicht. Dann beugte er sich leicht schwankend hinunter und trank gierig.

Sie waren mittlerweile am Boden der zweiten Flasche Wodka angekommen. Der Pole konnte saufen, das ging auf keine Kuhhaut.

Er richtete sich auf und rieb seinen Nacken. Das Kneipenklo war in einem deprimierenden Graublau gestrichen. Der Geruch hier erinnerte an Moltkes Tigerkäfig, allerdings in Schlimm. Die Wände waren bekritzelt mit den Namen von Fußballmannschaften und unbeweisbaren Behauptungen über die Größe primärer Geschlechtsorgane einiger Besucher hier.

Schimanski taumelte an der Pissrinne entlang und wühlte in seiner Jacke nach dem Portemonnaie. Draußen, im Vorraum der Klos, hing ein Münztelefon. Er klaubte dreißig Pfennig aus der Geldbörse und warf sie in den Schlitz. Als er Thanners Nummer tippte, ertappte er sich dabei, den dämlichen Song aus der Jukebox mitzusummen, der ihm schon den ganzen Abend auf den Sack gegangen war. Er musste wirklich ziemlich knülle sein.

Zu seinem Erstaunen ging Thanner sofort dran.

»Ja, Thanner!«, nuschelte er in den Hörer. »Ich bin's! ... Ja ... Schimanski ... Ich wollt dir nur, wollt dir nur 'n frohes Fest wünschen ... Ja, wie läuft's denn so? Alles klar? ... Hahaha!«, er lachte prustend. »Is gar nicht gekommen!« Mühsam riss er sich zusammen. »Ja, tut mir leid«, sagte er mit Bedauern in der Stimme. »Das ist natürlich scheiße, ich mein ... Nee, kommt gar nicht in Frage, wirklich nicht. *Du* kommst *hier*her! ... Hier in die ›Sternschnuppe‹ ... Ich sitz hier mit ‘n paar Kumpels zusammen ... Ja, ‘s is nett. Das is ‘ne ganz seriöse Kneipe ... In der Moerser Straße ... Genau. Und bring deinen ganzen Kram da mit. Dein’ ganzen *savoir vivre* bringste mit, okay?«

Schimanski hätte nicht drauf gewettet – im Gegenteil, eigentlich war er sicher gewesen, dass Thanner lieber allein und beleidigt zu Hause hocken bleiben würde, als hierherzukommen. Aber er hatte sich geirrt. Und Thanner hatte tatsächlich alles mitgebracht. Der Taxifahrer hatte ihm beim Schleppen helfen müssen. Immerhin den Plastikbaum hatte er zu Hause gelassen. Dabei hätte der die Stimmung in der »Sternschnuppe« bestimmt noch weiter angeheizt.

»Straßburger Gänseleberpastete«, sagte Thanner zu Ariane und zeigte auf einen der Teller, die er wie ein Büfett auf der Theke aufgereiht hatte. Er reichte ihr eine Gabel, aber sie sah mit einigem Misstrauen auf die rosigbraune Masse.

Neben ihnen hatte der Müsli gerade irgendetwas zu der brünetten Nutte gesagt, das die in schallendes Gelächter ausbrechen ließ. Musste ein Mordswitz gewesen sein, sie kriegte sich kaum wieder ein. Schimanski drängte sich an einem der beiden Schwarzen vorbei, der gerade mit dem Schalterbeamten über Trabrennen diskutierte, und schenkte der fröhlichen Alten Schampus nach, was die nicht veranlasste, ihren lautstarken Gesang zu unterbrechen, mit dem sie die Jukebox zu übertönen versuchte. Der Lude bedankte sich artig, als er auch ihm nachschenkte, und unterhielt sich dann weiter mit dem Rentner, dem er die Uhr geschenkt hatte. Alles in allem war dies ziemlich genau das, was sich Schimanski unter einem frohen Fest vorstellte.

»*Foie gras* … Gänseleberpastete! Aus dem Elsass! Die hab ich extra …« Thanner versuchte immer noch, Ariane mit schwerer Zunge zu einer Gabel voll seiner mitgebrachten Köstlichkeit zu überreden. Er bemerkte nicht, wie sie plötzlich erschreckt zum Fenster sah.

»Prost«, sagte sie dann eilig und stieß mit ihm an.

»Prost«, antwortete Thanner und trank zufrieden seinen Champagner – aus einer Kaffeetasse, weil die »Sternschnuppe« nicht über eine ausreichende Zahl an Gläsern für so etwas Edles verfügte.

Im Gegensatz zu ihm war Schimanski Arianes Blick nicht entgangen. Hinter dem Fenster sah er schemenhaft jemanden auf der Straße stehen. Die Schampusflasche in der Hand, ging er hinüber und öffnete es.

»Hey, was is 'n?«, fragte er. »Was machste da?«

Der Mann sah aus wie ein kompletter Trottel. Die blonde Frisur war zum Himmel toupiert, und er trug mitten in der Nacht eine Pilotensonnenbrille. Mit seiner schwarzen Kunstlederjacke erinnerte er Schimanski an einen der Idioten von diesem nervtötenden Schlagerduo, das sich letztes Jahr Gott sei Dank aufgelöst hatte.

Aber was soll's?, dachte Schimanski. Fest der Liebe. Auch so einer hat ein Recht auf Weihnachten.

»Hast keine Kohle?«, fragte er. »Los, komm rein, ich geb dir einen aus …«

Aber dem Mann schien jeder Sinn für Festliches abzugehen. Er baute sich vor dem Fenster auf und schob provozierend das kantige Kinn nach vorn.

»Leck mich am Arsch, Mann«, näselte er. Dann stöckelte er über den Bürgersteig und stieg in einen schwarzen Golf GTI mit Duisburger Kennzeichen, der dort parkte.

»Tssss«, machte Schimanski und schloss mit einem Kopfschütteln das Fenster wieder.

Wer nicht will, der hat schon, dachte er.

Mittlerweile neigte sich die Party dem Ende zu. Die meisten der Leute waren gegangen – schlafen oder woanders weitertrinken; allein oder nicht. Thanner und Schimanski waren noch da, Moltke und Ariane natürlich auch, und hinten auf dem Billardtisch lag ein kleiner grauhaariger Mann, der mit offenem Mund vor sich hin schnarchte und dabei aufmerksam von seinem Boxermischling bewacht wurde, der neben ihm auf dem Tisch hockte.

Schimanski hing auf einem Barhocker am Tresen und versuchte, die Orientierung zu behalten. Da, wo sein Arsch den Hocker berührte, war unten. Die Lampe hing oben. – So weit die Theorie. Er schloss die Augen, aber das machte es nicht besser.

Thanner und Ariane hingen aneinandergelehnt auf einer Bank und lauschten Moltke, der allein mit der wie-vielten-auch-immer Wodkaflasche an einem Tisch saß und ein sentimentales Lied auf Polnisch sang.

Ariane lächelte melancholisch. Manchmal sang sie eine Zeile mit.

Als Moltke geendet hatte, senkte er den Blick und fuhr sich in einer traurigen Bewegung mit der Hand über den Kopf. Fast sah es aus, als wolle er in Tränen ausbrechen.

»Um was ging es in dem Lied?«, fragte Thanner leise und strich sich über den Schnäuzer.

»Um einen geliebten Menschen«, antwortete Ariane und sah nachdenklich zu ihrem Schwager.

Moltke riss sich zusammen. Er schüttelte sich und stand so entschlossen auf, dass er mit seinem Schädel an den Adventskranz stieß, der über ihm an der Decke hing. Er griff nach der Wodkaflasche und ging zur Theke, wo Schimanski mit dem Rücken zu ihm auf seinem Hocker hing. Moltke schlug ihm heftig auf die Schulter.

»Was?« Schimanski schreckte hoch, und Moltke drehte ihn zu sich herum.

»Ach, du bist's«, murmelte Schimanski und gähnte.

Moltke nahm einen tiefen Zug aus der Wodkaflasche und reichte sie ihm. Schimanski nahm sie nur zögernd, setzte sie dann aber tapfer an und trank. Als er sie wieder absetzen wollte, schüttelte Moltke den Kopf. Er drückte den Boden der Flasche mit dem Zeigefinger nach oben und zwang Schimanski so den Rest des Wodkas hinein.

Schimanski setzte die leere Flasche ab und nickte ergeben. Dann sah er Moltke in die Augen. Der Pole grinste ihn an. Schimanski warf die Flasche hinter die Theke und legte seine Arme auf Moltkes Schultern. Er zog ihn zu sich heran und nahm ihn fest in den Arm. Dabei spuckte er einen Mundvoll Wodka über Moltkes Schulter auf den Kneipenboden.

Dann ließ er Moltke los und wandte sich wieder der Theke zu, wo eine Flasche Mineralwasser stand. Gierig griff er danach und trank.

Moltke ging zu den Platten mit den Resten von Thanners Weihnachtsbüfett. Er nahm die übrig gebliebene Scheibe kalten Braten und ging zum Billardtisch. Der junge Hund sah ihm erwartungsvoll entgegen.

Moltke sagte etwas auf Polnisch zu ihm, das sehr respektvoll klang, dann hielt er ihm den Braten hin, den der Hund mit freudigem Schwanzwedeln in Sekundenschnelle verputzte.

»Das ist so in Polen«, sagte Ariane zu Thanner. »Das ist ‘ne alte Sitte. Weihnachten gehen die Bauern in den Stall und teilen ihr Weihnachtsmahl mit den Tieren.«

Thanners Blick wurde gerührt.

»Ach …«, sagte er mit sanfter Stimme. »Das ist schön. Das gefällt mir.«

Der alte Mann auf dem Billardtisch schnarchte weiter, und Moltke tätschelte ihm zärtlich die Wange. Dann ging er zu dem Videospielautomaten an der Wand und sah den hüpfenden bunten Figuren zu, die sich hektisch durch ein Labyrinth bewegten und dabei andere Figuren auffraßen. Neugierig drückte er auf den Tasten des Gerätes herum.

»Zbigniew!«, rief Ariane ihm zu. »Spar lieber dein Geld …«

Thanner sah sie fragend von der Seite an.

»So ‘n Zeug kennt er doch noch gar nicht«, sagte sie. »Woher denn auch?«

Thanner nickte verstehend und griff nach seinem Wodkaglas. »Na… Nastrowje«, nuschelte er.

Moltke starrte weiter den bunten Bildschirm an. Schimanski trat zu ihm.

»Lass den Kram doch«, sagte er und legte ihm die Hand auf die Schulter. »Das verstehste nicht … Wirklich, Mann. Da kannste nie gewinnen. Nur verlieren. Ehrlich ... Und am Ende, da wirste doch gefressen.«

***

Dünne Wolken trieben vor dem Vollmond vorbei. Schimanski hatte Thanner den Arm um die Schulter gelegt; nebeneinander schwankten sie über den Schotter des stillgelegten Gleises.

Thanner hatte natürlich den Weg über die Königstraße nehmen wollen, aber der hatte ja auch keine Ahnung. Hinter ihnen gingen Ariane und Moltke. Sie redeten irgendwas auf Polnisch und lachten viel. Schimanski hatte den dreien gezeigt, wo es langgeht.

»Hier komm ich her, du«, sagte er und schwenkte den freien Arm im Halbkreis. »Das ist *mein* Revier. Das ganze Viertel hier. Alles.«

»Ja?«, fragte Thanner und sah sich verwundert auf dem Gelände des ehemaligen Walzwerks um.

»Ja, ja, du ...! Hier hat die Becker-Bande keinen reingelassen.« Schimanski zeigte auf das dichte Gebüsch am Zaun. »Und hier hat jeden Tag ... jeden Tag Tom Mix gegen die Indianer gekämpft. Jeden Tag nach der Penne.«

»Und du, du warst natürlich immer Tom Mix, nich wahr?« Thanner lachte albern.

Schimanski winkte ab. »Ich war jeden Tag 'n anderer ...«

Sein Blick fiel auf eine große Werbetafel, und er stockte.

»Da!«, rief er. »Da, da! Schau dir den Arsch an!«

Auf dem riesigen Schild war ein moderner Wohnblock aus klotzigem Sichtbeton abgebildet.

»Hier entstehen 12 Luxuseigentumswohnungen«, stand darüber. Und darunter:»Information: Gress-Immobilien«.

Schimanski bückte sich nach einem Stein.

»Drecksau!«, schrie er und schleuderte den Stein gegen das Schild, von dem er mit einem metallischen Rumms abprallte und in die Büsche flog.

Thanner neben ihm steckte die Hände in die Manteltaschen und zog die Schultern hoch.

Nützt doch nichts, sollte die Haltung wohl ausdrücken. Sagen tat er nichts.

Schimanski sah ihn an. »Weißte, was ich immer mal wissen wollte von dir, Dicker?«, fragte er und ging weiter.

»Erzähl mal.« Thanner stapfte ergeben neben ihm her.

»Warum bist du eigentlich Bulle geworden? Hm?«, fragte Schimanski.

Thanner lachte fröhlich, als habe er selten eine so alberne Frage gehört.

»Nee, ehrlich, du«, insistierte Schimanski. »Wirklich. Das ist wichtig ...« Er legte wieder den Arm um seine Schultern.

»Na ja ...«, erzählte Thanner. »Das war bei mir irgendwie vorprogrammiert. In meiner Familie sind fast alle Beamte.« Er hob die Hände und begann an den Fingern abzuzählen. »Der Onkel is Oberpostdirektor.«

»Ach ...«, sagte Schimanski.

»Der Opa mütterlicherseits war Lomomo ... Lokomotivführer. Und meine Schwester, die kennste ja, die is beim Finanzamt. Ja, da fehlte nur einer bei'er Bolissei. Un das war ich ... Un bei dir?«

Hinter ihnen alberten die beiden Pawlaks herum. Moltke bückte sich, und Ariane stieg ihrem Schwager auf die Schultern.

»Bei mir, du, Mann …« Schimanski schüttelte den Kopf und blieb stehen. »Ich weiß nich … Ich glaub, ich war einfach zu feige, Gangster zu werden.«

»Ach, du bissn Blödmann«, nuschelte Thanner.

»Nee, nee, Dicker.« Schimanski griff nach Thanners Schal und richtete den unordentlichen Knoten. »Nee, da is schon was Wahres dran, du …«

Ariane war wieder von Moltkes Rücken abgestiegen. Nun stand sie neben ihm, und ihr Blick folgte seinem ausgestreckten Arm, der auf den blassen Vollmond wies.

»Kumma, kumma, kumma …«, sagte Schimanski leise. Thanner drehte den Kopf und glotzte zu den beiden hinüber.

»Jetzt nicht so hingucken«, flüsterte Schimanski. »Jetzt zeigt er ihr, wo er herkommt …«, sagte er mit leisem Lachen.

Thanner nickte. »Sie is ja auch wirklich 'ne Nette«, sagte er. »Nä?«

»Aaah«, machte Schimanski und legte die Arme um ihn. »Die steht auf dich«, sagte er.

Thanner grinste ungläubig. »Das is ja –«

»Jetzt nicht so laut, du …« Schimanski zog die Flasche Wodka aus der Jackentasche, die er als Reserve eingesteckt hatte.

»Du meinst, die steht –«

Schimanski fiel ihm ins Wort. »Wenn ich von irgendwas was verstehe, dann *da*von.«

Thanner nickte eifrig. »Das stimmt. Da verstehsse was von«, sagte er und kratzte sich am Ohr.

Moltke erklärte Ariane weiter, was es seiner Meinung nach da oben am Nachthimmel zu sehen gab.

Schimanski zog Thanner am Mantelkragen zu sich heran. »Sieh mal zu, Dicker, dassde aus ihr was rauskriegst«, sagte er leise. »So, was Moltke die letzte Zeit getrieben hat, was er vorhat und wo er wohnt …«

Thanner starrte ihn mit offenem Mund an.

»… ja, wo der überhaupt wohnt, du«, fuhr Schimanski fort. »Der kann doch nich die ganze Zeit im Zirkus pennen.«

»Wie, ich?«, fragte Thanner fassungslos.

Schimanski nickte ihm ermunternd zu.

»Du, und vielleicht … vielleicht kennt sie sogar Gress, du …«

Thanner packte Schimanskis Hände und befreite sich aus seinem Griff. Wütend funkelte er ihn an.

»Ach komm, Dicker«, versuchte Schimanski ihn zu beschwichtigen. »Mach mal, du weißt doch, wie wichtig die Sache für mich ist. Bitte!«

»Jetzt versteh ich, du …«, zischte Thanner ihn an.

»Was denn …?« Schimanski versuchte, ihm die Hände wieder auf die Schultern zu legen, aber Thanner stieß ihn weg.

»*Deshalb* hast du mich angerufen! Du bist ein ganz hinterhältiger Sack! Hörste?« Thanners Stimme wurde immer lauter. »Ein hinterhältiger Sack bist du!«, brüllte er. »Das war ein so *schöner* Abend bis jetzt.«

Wütend marschierte er davon.

»Ja hömma …« Schimanski hob die rechte Hand. »Mann, ich schwör …«

Aber Thanner drehte sich nicht um. »Der Fall Pawlak ist für mich erledigt! Basta, aus!« Er unterstrich seine Worte mit einer entschiedenen Handbewegung und stapfte weiter.

Schimanski zuckte die Achseln. Thanner würde schon warten. Allein deshalb, weil er keine Ahnung hatte, wo er eigentlich war.

Moltke und Ariane kamen heran. Beide grinsten ihn glücklich betrunken an, und Moltke versuchte, auf seinen Rücken zu klettern. Schimanski schaffte es mit Mühe, das Gewicht des Hünen zu tragen. Ariane half ihm, indem sie ihn an seinem Strickschal hinter sich herzog.

Moltke brüllte irgendwas Polnisches und schien seinen Spaß zu haben. So stolperten sie weiter über Schotter und Schwellen, bis sie einen großen Haufen Müllsäcke erreichten, den irgendwelche Assis einfach in die Gegend gekippt hatten. Hier stand auch Thanner und schmollte. Schimanski suchte nach einer weich aussehenden Stelle im Müll und ließ Moltke hineinfallen. Ariane kreischte vor Vergnügen und versuchte Moltke aufzufangen, dabei landete sie mit im Müll. Auch Schimanski ließ sich lachend hineinfallen.

»Hinterhältiger Sack«, murmelte Thanner. »So 'n schöner Abend bis jetzt hier …«

»Boah, mir ist schwindelig«, stöhnte Ariane.

Moltke griff nach ihrer behandschuhten Hand und drückte einen Kuss darauf. Thanner sah ärgerlich zur Seite.

»Zbigniew, du bist ja betrunken!«, lachte Ariane.

Thanner half ihr auf, was sie dankbar geschehen ließ. »Komm«, sagte er, »Wir nehmen uns 'n Taxi, ja?«

»Fahrn wir zusammen?«, fragte sie und sah Schimanski an.

»Nein!«, antworteten Thanner und Schimanski heftig im Chor.

»Ich bleib noch hier«, sagte Schimanski.

»Der wohnt sowieso hier in der Nähe, da drüben«, bekräftigte Thanner und fasste nach ihrer Hand.

»Komm, Zbigniew!«, rief Ariane Moltke zu, aber Thanner zog sie einfach fort. Immerhin ungefähr in Richtung Straße, bemerkte Schimanski und ließ sie laufen.

Moltke schien Arianes Ruf gar nicht gehört zu haben. Er lag auf dem Rücken zwischen Müllsäcken und Schrott und starrte die Sterne an, die die durchscheinender werdenden Wolken nach und nach freigaben.

Schimanski trat zu ihm und zeigte ihm die Wodkaflasche.

»Komm«, sagte er. »Die Pfütze hier, die haun wir noch weg.«

Moltke hob die Hand, und Schimanski zog ihn aus der Waagerechten. Er kam mühsam hoch und setzte sich auf eine alte hölzerne Kabeltrommel. Schimanski reichte ihm den Wodka. Moltke griff danach und nahm einen Schluck, ohne den Blick von den Sternen zu wenden. Er murmelte etwas auf Polnisch.

»Was siehst 'n da?«, fragte Schimanski.

Moltke wies mit der Flasche auf ein funkelndes Sternbild.

»Orion!«, sagte er. »Die zwei oben. Dann Gürtel mit Schwert. Und zwei unten.«

»Und zwei unten ...« Schimanski nickte verstehend. »Ja ... das ist ja irre weit weg. Das sind ja Millionen von Lichtjahren, du ...«

Moltke starrte weiter in den Himmel. Er schien

überhaupt nicht wahrzunehmen, was Schimanski ihm da erzählte. Schimanski setzte sich neben ihn.

»Sag mal ... hast du eigentlich noch Familie?«, fragte er und legte ihm die Hand auf die Schulter. Langsam kehrte Moltkes Blick aus dem All zurück. Traurig schüttelte er den Kopf.

»Bruno war Einzige«, sagte er langsam. »Ich habe versprochen, dass ich mich werde kümmern um ihn.« Wütend setzte er die Flasche an und nahm einen kräftigen Schluck.

»Du, ich wüsste auch nicht, was ich machen würde, wenn ich noch 'n jungen Bruder gehabt hätte ...«, sagte Schimanski. »Mann, das ist vielleicht zum Kotzen, dass wir diesen Gress da laufen lassen mussten.«

»Gress ...« Moltke spuckte den Namen geradezu aus.

»Die beiden andern Genossen, die haben ihr Schäfchen auch schon im Trockenen«, fuhr Schimanski fort. »Mit *euerm* Anteil, du. Sind heute angesehene Bürgerärsche.«

Moltke nickte bedächtig. »Ja ... Die haben viel zu verlieren ... Alle drei haben sich ...« Plötzlich verstummte er und runzelte die Stirn.

»Was is?«, fragte Schimanski. »Ja komm, erzähl weiter ...« Er grinste ihn auffordernd an.

Ganz langsam wandte ihm Moltke den Blick zu. Er grinste zurück.

»Ja? Was?« Schimanski lachte fragend.

Moltke erhob sich und stellte sich vor ihn hin. Dann griff er nach Schimanskis Jackenkragen und zog ihn hoch.

Schimanski ließ es folgsam geschehen, immer noch grinsend. Aber als er stand, zog ihn Moltke einfach weiter hoch, bis er nur noch so gerade mit den Zehenspitzen den Boden berührte.

»He! Zbigniew!«, rief Schimanski. Moltkes Griff drehte ihm den Atem ab. »Spinnst du? Lass mich los!«

Moltkes Gesicht war direkt vor seinem. Er nickte verstehend.

»Du wolltest mich vollmachen«, zischte er.

Ohne merkliche Anstrengung schleuderte er Schimanski mit voller Wucht in den Müllhaufen, wo er keuchend und um Luft ringend liegen blieb.

Moltke griff sich die Wodkaflasche und verschwand in der Nacht. Als Schimanski sich endlich aus dem Müll befreit hatte, war er spurlos verschwunden.

VIER

Das Morgenlicht war kalt und grau, aber für Schimanski war es zu hell. Mit blinzelnden Augen drückte er auf die Klingel an dem renovierten Altbau in der Grünstraße. Der Türöffner summte, und Schimanski wankte die Treppe hoch. Die Wohnungstür war zu, als er sie erreichte. Er klingelte erneut. Es dauerte ein Weilchen, bis sich die beiden kleinen Fenster darin öffneten und zwei Thanners aus ihnen herausschauten. Schimanski kniff das linke Auge zu, sodass einer der beiden verschwand, und konzentrierte sich auf den übrig gebliebenen.

»Was willst *du* denn hier?«, fragte Thanner entgeistert. Er schloss das Fenster und öffnete die Tür. Allerdings lehnte er sich so an den Türrahmen, dass Schimanski nicht ohne Weiteres an ihm vorbei in die Wohnung kam.

Schimanski hielt das eine Auge weiter geschlossen und setzte zu einer Erklärung für seinen frühmorgendlichen Besuch an, musste aber feststellen, dass ihm auf Anhieb keine plausible einfiel. Dass er keine Lust gehabt hatte, allein in seiner unaufgeräumten, kalten Wohnung zu frühstücken, wäre zwar eine gewesen, aber die schien ihm unpassend. Und was ihm in Wahrheit durch seinen verkaterten Schädel ging, konnte er Thanner sowieso nicht erzählen, so viel war ihm selbst in seinem zerrütteten Zustand klar.

»Ähm«, sagte er also und wurde gerettet durch einen Ruf aus dem Inneren der Wohnung.

»Christian?« Das war Arianes Stimme. Schimanski

sah Thanner mit einer Mischung aus Verblüffung und Anerkennung an.

»Ja?«, rief Thanner und warf Schimanski dabei einen ärgerlichen Blick zu.

»Gibt's hier irgendwas zum Aufwischen?«, fragte Ariane.

Schimanski versuchte, an Thanner vorbei einen Blick in die Wohnung zu werfen, aber Thanner blockierte ihm die Sicht, so gut er konnte.

»Ja ...«, rief Thanner in die Wohnung. »Der ging's so schlecht«, sagte er dann leise. »Da konnt ich die ja nicht einfach da ...«

Schimanski grinste. »Ja klar. Versteh ich doch ...«, sagte er. »Aber reinkommen darf ich doch wenigstens?« Damit schob er Thanner, der keinen weiteren Widerstand leistete, umstandslos zur Seite.

»Oh Mann!«, entfuhr es Schimanski, als er ins Wohnzimmer sah. »Was 'n das?«

Es roch verschmort hier. Der Plastikbaum lag umgestürzt auf dem Boden. Die Steckdose, in der die Lichterkette steckte, war dunkelbraun verkokelt.

»'n Kurzschluss oder so was«, sagte Thanner. »Der Baum nadelt zwar nicht, aber ...« Er hob hilflos die Arme.

Schimanski ging in die Küche. Der Kühlschrank stand offen, die Beleuchtung darin flackerte. Davor kniete Ariane neben einem Eimer. Sie begrüßte Schimanski mit einem Lächeln, während sie mit dem Lappen eine Wasserlache aufwischte.

»Sachma, ist der Kühlschrank auch kaputt?«, fragte Schimanski.

»Ja, der ist auch kaputt«, sagte Thanner, hörbar um Beherrschung bemüht. »Ist alles kaputt«, sagte er leise.

»Das Licht da am Weihnachtsbaum, da ist 'n Defekt dran, glaub ich. Erst hat es normal geleuchtet, aber dann auf einmal: Peng, alles dunkel. Und der Kühlschrank … ich weiß auch nicht. Ich hab 'ne neue Sicherung reingedreht, aber …«

Seine Schnurrbartspitzen hingen so traurig herab, dass Schimanski ihm tröstend den Arm um die Schultern legte.

»Mann, ihr habt aber auch 'n Pech!«, sagte er und beschloss dann, die sich so unverhofft bietende Chance zu nutzen. Er gab Thanner einen kräftigen Klaps auf die Schulter und klatschte dann auffordernd in die Hände. »Kommt!«, rief er munter. »Raus, raus, raus! Ich lad euch jetzt zum Frühstück ein.«

Ganz offensichtlich hielt Thanner das für keine besonders tolle Idee. Hilfe suchend sah er zu Ariane, aber im Gegensatz zu ihm schien sie sofort überzeugt. Sie warf den Lappen in den Eimer und stand auf.

Schimanski grinste, begeistert von seinem Einfall. »Mensch, 'n schönes Gläschen Schampus«, sagte er. »'n Brathering … Was Bessres gibt's doch überhaupt nicht! Sagt mal, ihr müsst doch *so* 'ne Birne haben …«

Thanner schüttelte den Kopf. »Ach nee …«, sagte er und schaltete das Licht über dem Herd an. Aus dem Lichtschalter schoss eine Stichflamme.

***

Thanner sah Schimanski ungläubig an, als der den Sierra zwischen einem schwarzen De Tomaso und einer pinkfarbenen Corvette Stingray abgestellt hatte. Der »Beach Club« lag mitten im Industriegebiet in Neumühl. »Die Karibik an der Ruhr« versprach die Leuchtreklame. Im Licht des Duisburger Wintermorgens weckte das Gebäude allerdings eher Assoziationen mit Helsinki als mit Havanna.

»Sag mal, bist du öfter hier?«, fragte Thanner.

Schimanski stieg aus und wickelte sich seinen Strickschal um den Hals. »Das ist ‘n absoluter Spitzenladen. Erste Sahne, sag ich euch.«

Thanner tauschte einen zweifelnden Blick mit Ariane, folgte Schimanski dann aber zum Eingang des großen Einfamilienhauses, in dem der Club untergebracht war. Als sein Blick auf einen kleinen roten Peugeot fiel, der gegenüber parkte, blieb er abrupt wieder stehen.

»Was macht denn Schäfer hier?«, fragte er erstaunt.

»Weiß ich auch nicht«, antwortete Schimanski achselzuckend. »Ich frag ihn, warte mal …« Er lief über die Straße. Schäfer kurbelte die Scheibe runter, als Schimanski auf ihn zukam. Er hatte die Kapuze seiner Jacke über den Kopf gezogen und zusätzlich einen Schal um die Ohren gewickelt. Sein Atem bildete weiße Wölkchen.

»Und, was is?«, fragte Schimanski.

Schäfer wies auf das Gebäude. »Er ist noch da drin«, sagte er mit hörbarem Stolz.

»Sehr gut. Spitzenarbeit, mein Junge!«, sagte Schimanski. »Du, ich revanchier mich. Die nächste Leiche kommt bestimmt … Was zitterst ‘n so?«

»Heizung ist im Arsch«, sagte Schäfer mit bebender Stimme. »Kann ich jetzt gehen?«

»Klar kannste gehen!«, sagte Schimanski mit großzügiger Geste. Dann beugte er sich zu Schäfer hinunter. »Und hör mal: Schnauze, nä?«, sagte er leise.

Schäfer nickte eifrig. »Danke, Herr Schimanski«, sagte er und reichte ihm die Hand durchs Fenster.

Als Schimanski sie kurz schüttelte, hatte er das Gefühl, an ihr festzufrieren. »Ja, ist doch klar, du«, sagte er und ließ die Hand schnell wieder los. »Tschüss«, rief er noch, dann lief er wieder über die Straße.

»Und?«, fragte Thanner. »Was macht der hier?«

»Was?« Schimanski sah ihn verständnislos an.

Thanner zeigte ärgerlich auf Schäfer, der gerade den widerstrebenden Motor seines Kleinwagens anließ.

Schimanski zuckte die Achseln. »Weiß ich doch nicht.« Er wedelte mit der Hand vor seinem Gesicht herum. »Der hat 'n Getriebeschaden oder so ... Kommt jetzt.«

Damit wandte er sich zur Tür des »Beach Club« und ging hinein.

»Komm ...«, sagte Thanner zu Ariane, nicht ohne noch einen letzten skeptischen Blick über die Schulter zu Schäfer zu werfen, der seinen Wagen mühsam aus der Parklücke rangierte.

Der Eingang des Clubs war von lamettageschmückten künstlichen Palmen geflankt, die bei Thanner unangenehme Erinnerungen hervorriefen, aber immerhin war es im Inneren warm. Sogar ein wenig zu warm für seinen Geschmack.

Schimanski hatte zielstrebig den menschenleeren Eingangsbereich durchquert und die Tür zum eigentlichen Club aufgestoßen. Hier herrschte das, was sich die Betreiber so unter Duisburger Karibik vorstellten: Rund um einen großen Swimmingpool waren zahllose weitere Palmen und andere Gewächse aus Kunststoff aufgestellt. Dschungelgeräusche, die genauso künstlich waren wie die Pflanzen, beschallten aus unsichtbaren Lautsprechern den Raum. Immerhin hockten ein paar echte Papageien auf ihren Stangen und krächzten in unangenehmer Lautstärke dazu. Vielleicht waren es aber auch Kakadus. Die Luft war schwül, und es roch nach Chlor, billigem Parfüm und dem Rauch ungezählter Zigaretten. Gäste waren keine zu sehen.

Sie umrundeten den Pool. Thanner entdeckte eine Putzfrau und einen Mann, der gerade dabei war, einen gigantischen Plastikweihnachtsmann aus der Dekoration zu entfernen.

»Morgen«, sagte Thanner. »Krieg ich bei Ihnen ‘n Frühstück?«

»Frühstück?« Der Mann sah ihn an, als traue er seinen Ohren nicht. »Ich kann Ihnen ‘n Ei kochen«, sagte er unwirsch. »Die Feier war gestern. Macht ‘ne Fliege.«

Kopfschüttelnd ging Thanner weiter Schimanski hinterher.

»Einladung zum Frühstück«, knurrte er. »Ich hab die Nase voll ...«

Schimanski hatte Ariane an der Hand genommen und zog sie neben sich her. Hinter einer Glastür entdeckte er endlich, was er gesucht hatte. Er stieß die Tür auf und betrat den Raum, in dem zwei Männer auf Korbsesseln saßen und Zigarren rauchten. Sie standen überrascht auf, als Schimanski Ariane in den Raum zerrte.

»Gress«, sagte Schimanski zu ihr und wies auf den Mann in dem eleganten Anzug. »Gerd Gress. Ich nehm an, ihr kennt euch, ja?«

Ariane sah Schimanski empört an. Mit wütenden Bewegungen versuchte sie, sich aus seinem Griff zu befreien.

»Ihr kennt euch doch!«, schrie Schimanski sie an. »Mir reicht's ...«

»Ariane!« Thanner kam in den Raum. Er packte Schimanskis Arm und sorgte energisch dafür, dass er Ariane losließ. Sofort lief sie zur Tür. »Jetzt hab ich die Nase voll!«, herrschte Thanner Schimanski an.

»Du halt dich da raus!«, blaffte der zurück.

»Immer die Ruhe, meine Herren!« Gress hatte dem Geschehen kühl lächelnd zugesehen. Der andere Mann, der einen blau-weißen Sportanzug aus Ballonseide trug, glotzte verständnislos.

Thanner ging zur Tür und fasste Ariane am Oberarm. »Wir hauen ab!«, sagte er entschieden. Sie folgte ihm sofort.

»Was soll das? Wer sind Sie überhaupt?«, fragte der Mann im Sportanzug.

»Ja, wer bin ich überhaupt?« Schimanski baute sich vor ihm auf. »Mordkommission Duisburg.«

Der Mann machte einen unwillkürlichen Schritt nach hinten.

»Kein Grund zur Panik«, sagte Schimanski und trat noch dichter an ihn heran. »Und wer sind *Sie* überhaupt?«

Der Mann sah unsicher zu Gress hinüber.

»Herr Bachmann ist der Inhaber dieses Clubs«, sagte der.

Schimanskis Blick streifte den Tisch, an dem die Männer gesessen hatten. Plötzlich fiel ihm etwas auf.

»Ja, spinn ich denn?«, sagte er. »Hier!« Er beugte sich hinunter und nahm eine Zigarette aus dem Aschenbecher. Sie lag neben den beiden Zigarren, und sie brannte noch.

»Was, hier?«, fragte Gress ungeduldig.

»Hier saß doch eben noch 'n Dritter!«, sagte Schimanski und zeigte ihm die Zigarette.

Gress zuckte die Achseln. »Und?«

»Sie waren doch zu dritt, damals. Hab ich recht?«

»Ach kommen Sie ...«, sagte Gress mit einer abfälligen Geste. »Das hatten wir doch schon mal ... Kann ich sonst noch was für Sie tun?«

Schimanski warf die glimmende Zigarette auf den Boden und ging zur Tür.

»Sie können dort hinaus. Das geht schneller«, sagte Gress süffisant und wies auf eine andere Tür hinter sich. »Da haben wir dann beide was von.«

Die Tür führte an der Seite des Hauses direkt auf die Straße. Schimanski bog um die Ecke zum Haupteingang. Thanner stand an der Beifahrertür des Sierra und half Ariane beim Einsteigen. Er funkelte Schimanski an, als er ihn bemerkte.

»Bist du jetzt völlig übergeschnappt?«, fauchte er. »Was hatte denn das da drin grade zu bedeuten?«

»Na was schon?«, schnappte Schimanski. »Das war 'ne Gegenüberstellung zwischen einem Verdächtigen und 'ner Zeugin.«

»Was?« Thanners Mund klappte auf.

»Reine Routinearbeit, Kollege Thanner«, sagte Schimanski wütend.

Thanner kam auf ihn zu und packte ihn am Jackenkragen. »Ich lass das nicht zu, dass du Ariane ...«

Schimanski schubste seinen Arm weg. »Frau Pawlak lügt!«, brüllte er ihn an.

Aber Thanner gab nicht nach. »Gegenüberstellung?«, schrie er.

»Ach komm, halt's Maul ...«, sagte Schimanski abfällig. Als er sich abwandte, fiel sein Blick auf einen schwarzen Golf GTI, der gegenüber parkte, da, wo eben noch Schäfers Peugeot gestanden hatte.

»Das kann man unter Kollegen anders machen!«, keifte Thanner.

»Ja!«, sagte Schimanski. »Unterm Plastikbaum im Wohnzimmer! Oder wo?« Okay, es war seine Idee gewesen, Thanner auf Ariane anzusetzen, aber dass sie tatsächlich so bereitwillig bei einem Bullen übernachtet hatte, machte ihn stutzig.

Außerdem erkannte er den Mann am Steuer des Golf wieder. Es war der blonde Trottel, der gestern Nacht vor der »Sternschnuppe« gestanden hatte. Er trug immer noch eine Sonnenbrille. Als er Schimanskis Blick bemerkte, startete er den Motor und fuhr mit durchdrehenden Reifen an.

Ariane kam aus dem Sierra gesprungen, als sie den Golf schlingernd um die Ecke verschwinden sah.

»Ach?«, fragte Schimanski. »Noch 'n Bekannter von Ihnen, den Sie nicht kennen?«

»Kommen Sie«, sagte Thanner zu Ariane. »Ich fahr Sie nach Hause.«

Sie stieg wieder ein, und Thanner schloss ihre Tür. Er schrie Schimanski noch ein wütendes »Unmöglich!« zu, dann stieg er ein und fuhr davon.

Schimanski starrte dem Wagen hinterher, und ihm wurde klar, dass er keine Ahnung hatte, wie er hier wieder wegkommen sollte.

Entschlossen drehte er sich um und stapfte zurück in den Saunaclub. Mit Gress war er noch lange nicht fertig. Und wenn der Kollege Thanner Besseres zu tun hatte, würde er den Mist eben allein erledigen. Auf seine Weise.

Gress saß an der mit Lametta-Kitsch geschmückten Bar neben dem Pool. Schimanski griff sich, während er auf die Theke zuschlenderte, eine Getränkekarte von einem der niedrigen Tische, blätterte darin und pfiff gedankenverloren die neue RD-Hymne »Leise rieselt der Schnee« vor sich hin.

Hinter der Bar standen Bachmann und ein weiterer Mann, der eine albern modische Flicken-Jeansjacke trug, die recht gut zu seinem debilen Grinsen passte. Die beiden waren mit Aufräumen beschäftigt. Auf der Theke standen noch die leeren Gläser der vergangenen Nacht. Der Grinser wies mit dem Kinn auf Schimanski und sah Gress fragend an. Gress drehte sich kurz um, dann reichte er dem Mann mit gelangweilter Miene eine Visitenkarte.

»Ruf doch mal meinen Anwalt an«, sagte er. »Die untere Nummer ist die vom Autotelefon. Sag ihm, er möchte bitte herkommen.«

Der Mann nahm die Karte und ging nach hinten zu einem Telefon aus durchsichtigem Plastik, das bescheuerterweise innen blau beleuchtet war. Es sah teuer aus

»Was wollen Sie denn noch, Herr Schimanski?«, fragte Gress.

»Ja, was wolln wir denn? Das ist die Frage ...«, Schimanski setzte sich auf einen der weißen Barhocker und blätterte weiter nachdenklich in der Cocktailkarte, »... das ist die Frage.« Mit der Rechten schlug er auf den leeren Hocker neben sich. »Hier! Komm, setz dich her, Dicker«, sagte er. »Coconutten-Cocktail ... Hört sich doch ganz gut an, was, Dicker?« Er sah zu dem leeren Hocker und grinste. »Was für Neureiche. Mensch, zwölf Mark fünfzig ...«

Bachmann und Gress tauschten verständnislose Blicke.

»Na gut. Leisten wir uns, was, Dicker? Mach ma zwei klar«, sagte Schimanski zu Bachmann.

»Für mich nicht«, sagte Gress irritiert.

»Ist ja nicht für Sie. Is für den Dicken hier«, sagte Schimanski und wies auf den leeren Hocker neben sich. »Also?« Er sah Bachmann auffordernd an. »Nu komm. Nu mach, nu mach, nu mach ...«

Der dritte Mann hatte sein Telefongespräch beendet und kam nun wieder hinter die Bar. Mit dem gleichen blöden Grinsen wie eben schüttelte er den Kopf.

»Sach ma, wat is dat da vorn für 'n Komiker?«, fragte er Bachmann und machte den Scheibenwischer. »Hat der 'n Schatten, oder wat?«

»Du hältst dich da raus, ja!«, blaffte Schimanski ihn an. »Du hältst die Schnauze, du Sülzkopp!«

Bachmann griff eilig nach einer Flasche Bacardi und begann einzuschenken. »Herr Schröder ist mein Kompagnon«, sagte er und wies mit dem Kopf auf den Sülzkopp. Der Mann mit der albernen Jacke grinste weiter. Er stützte sich auf die Theke und beugte sich provozierend zu Schimanski herüber.

»Das hier ist *mein* Kompagnon. Was, Dicker?« Schimanski schlug dem imaginären Mann neben sich mit der flachen Hand auf die Schulter. »Hauptkommissar Thanner.«

Beim Wort »Hauptkommissar« zuckte sein Gegenüber zurück. Sogar das Grinsen erlosch.

»Herr Schimanski ist von der Polizei«, sagte Bachmann leise.

Schimanski nickte und wandte sich an den leeren Hocker.

»Ich hab dir gesagt, Dicker, die Jungs hier sind aggressiv. Zuerst schmeißen sie Gläser nach mir …« Mit einer schnellen Bewegung des Unterarms wischte er ein Dutzend leerer Gläser hinter die Bar. Bachmann und der Sülzkopp machten einen erschrockenen Satz rückwärts. Auch Gress war von seinem Hocker aufgesprungen. Nun gestikulierte er beschwichtigend in ihre Richtung.

»Dann stoßen sie mich vom …«, wollte Schimanski weitermachen, als er von hinten von der türkischen Putzfrau unterbrochen wurde, die, vom Geräusch der splitternden Gläser alarmiert, herbeigeeilt war.

»Soll ich putzen?«, fragte sie.

»Nix putzen hier!«, schrie der Sülzkopp sie an. »Nix putzen hier! Pause!«

Die Frau nahm kopfschüttelnd ihren Eimer wieder auf.

»Das Arschloch kann nicht mal richtig Deutsch«, murmelte sie im Weggehen.

»Sehr richtig, sehr richtig, du«, rief Schimanski ihr hinterher. »Das Arschloch kann nicht mal richtig Deutsch.« Er nickte anerkennend und machte da weiter, wo er unterbrochen worden war. »Dann stoßen sie mich vom Hocker …« Er griff den Hocker, auf dem eben noch Gress gesessen hatte, und schleuderte ihn hinter sich in den Pool, was die Papageien mit lautstarkem Krächzen quittierten. »Und zu guter Letzt …«, er griff eine der leeren Schampusflaschen hinter der Theke am Hals, »zu guter Letzt gehen sie mit 'nem abgeschlagenen Flaschenhals auf mich los.«

Schimanski zerschmetterte die Flasche an der Thekenkante. Schröder, oder wie der Sülzkopp hieß, versuchte reflexhaft nach der Flasche zu greifen, aber er kam natürlich zu spät. Stattdessen drückte ihm Schimanski den abgebrochenen Hals in die Hand, und der Mann war blöd genug, tatsächlich zuzupacken.

»Wo eindeutig ihre Fingerabdrücke drauf sind ...«, fuhr Schimanski fort.

Der Sülzkopp hielt nun den scharf gezackten Flaschenhals in der Hand, keine zehn Zentimeter von Schimanskis Brustkorb entfernt. Schimanski näherte sich ihm weiter, bis das Glas fast seinen Hals berührte. Im Gesicht des Mannes arbeitete es.

»So, nun komm, komm, komm«, sagte Schimanski mit kaltem Lächeln und winkte ihn mit beiden Händen auf sich zu. »Jetzt nur nicht die Übersicht verlieren, mein Lieber.«

Der Mann starrte Schimanski hasserfüllt an, sein Atem ging keuchend.

Bachmann neben ihm hatte offenbar mehr Verstand als er. Er nahm seinen Kompagnon an den Schultern.

Auch Gress sah ihn beschwörend an. »Jan!«, sagte er eindringlich.

Der Mann versuchte sich aus Bachmanns Griff zu befreien, aber Gress riss ihm mit einer schnellen Bewegung den Flaschenhals aus der Hand.

»Jan ...«, sagte er noch mal.

Langsam beruhigte sich der Sülzkopp, auch wenn sein Blick keineswegs freundlicher wurde. In einer Geste hilfloser Wut griff er sich einen Apfel aus dem Früchtekorb auf der Theke und biss hinein.

Gress hielt Schimanski den Flaschenhals hin.

»Damit machen Sie sich doch lächerlich«, sagte er. »Damit kommen Sie doch nicht durch.«

»Ach, Herr Gress ...« Schimanski stieg von seinem Hocker. »Was glauben Sie, womit wir alles durchkommen. Tätlicher Angriff auf einen Beamten im Dienst, jawohl.« Er lächelte den leeren Hocker an. »Hauptkommissar Thanner und ich, wir arbeiten schon seit zehn … Oder? Seit *elf* Jahren arbeiten wir schon zusammen.«

Gress nickte spöttisch. »Seit *elf* Jahren …«

»Ja.« Schimanski nestelte ein Taschentuch aus der Jackentasche. »Was glauben Sie, was Ihre Aussage gegen die von zwei Beamten wert ist? Also rein statistisch gesehen, würd ich sagen, ist Ihre Chance gleich …«, er schlug die Linke in seine Armbeuge, »… null. So.« Er packte den Flaschenhals mit seinem Taschentuch. »Und jetzt nehm ich Sie mit, Herr Gress. Bitte …« Mit der freien Hand nahm er Gress am Oberarm und dirigierte ihn von der Bar weg.

»Das glaub ich *nicht*«, sagte Rechtsanwalt Cantz, der den Club unbemerkt betreten hatte. Er trug einen grauen Trenchcoat über dem dunklen Dreiteiler. Die Hände lässig hinter dem Rücken verschränkt, stand er neben dem Pool und sah Schimanski mit einem feinen Lächeln an. »Guten Tag, Herr Schimanski. Sind Sie … dienstlich unterwegs?«

Schimanski unterdrückte einen Fluch. Gress neben ihm fand es nicht nötig, sein Grinsen zu verbergen.

»Ja, wie Sie ja wissen, Herr Cantz … *lieber* Herr Doktor Cantz«, korrigierte Schimanski sich eilig, »arbeite ich immer noch an einem ungeklärten Mordfall.«

»Sie und Hauptkommissar Thanner«, sagte Gress süffisant und wies zur Bar.

»Ja …«, sagte Schimanski irritiert. »Ja … und der Herr Gress hat sich da freundschaftlich bereit erklärt, mir hilfreich unter die Arme zu greifen.«

»Tja, ich fürchte nur, Ihr Vorgesetzter ist da ganz

anderer Meinung«, sagte Cantz. Er hätte gar nichts weiter zu sagen brauchen, Schimanski wusste auch so, was jetzt kam. Aber der gelackte junge Jurist hatte nicht vor, ihm irgendwas zu ersparen.

»Ich habe mir erlaubt, Herrn Königsberg zu informieren, als man mir berichtete, was hier vorgeht«, fuhr er fort und zählte ungerührt auf, was er Schimanski vorzuhalten gedachte. »Kompetenzüberschreitung ... Rechtsbehinderung ... Nötigung. Und: Körperverletzung«, endete er. Heftiges Papageiengekrächz ertönte, es klang beifällig.

Was soll man von den Viechern auch erwarten, dachte Schimanski. Schließlich werden sie von Bachmann gefüttert und von diesem Sülzkopp, wie heißt er noch?

Cantz lächelte unverändert kühl. Gress sah sehr zufrieden drein. Bachmann und den Sülzkopp guckte Schimanski sich vorsichtshalber nicht mehr an, um seine Nerven nicht unnötig zu strapazieren. Er warf den Flaschenhals in den Pool und ging hinaus.

***

Schimanski trat aus dem Lift des schicken Apartmenthauses und ging über den Flur zur Wohnungstür mit dem rustikalen Messingschild, auf dem in schlichter Schrift »Königsberg« stand. Er straffte sich und drückte auf die Klingel.

Erika Königsberg öffnete und strahlte ihn an.

»Tag, Herr Schimanski!«, sagte sie herzlich.

»Tag, Frau Königsberg«, antwortete er artig.

Sie schien sich ehrlich zu freuen, ihn zu sehen. Ein Gefühl, das in letzter Zeit nicht allzu viele Menschen gezeigt hatten, denen er begegnet war. Sie nahm ihn am Ärmel und zog ihn in die Diele, die von einer Vitrine mit dem gewaltigen Modell eines alten Segelkriegsschiffes beherrscht wurde. Königsberg hatte ihm mal genau erklärt, wer das Ding in welcher Schlacht versenkt hatte, aber Schimanski hatte es sich nicht merken können. Daneben hing eine Reihe arabischer Krummdolche an der Wand, die Königsberg aus einem Marokko-Urlaub mitgebracht hatte.

»Er ist noch da drin«, sagte Frau Königsberg und wies mit dem Kinn auf die geschlossene Wohnzimmertür. »Wollen Sie eine Tasse Kaffee?«

Schimanski zog sich den Strickschal vom Hals und knetete ihn verlegen in den Händen.

»Lieber nicht«, sagte er. »Ich möchte die Sache am liebsten gleich hinter mich bringen ...«

Frau Königsberg winkte ab und drängte ihn vor sich her in ihre Küche.

»Er redet noch mit dem Richter«, sagte sie und nötigte ihn, am Esstisch Platz zu nehmen. Sie nahm eine silberne Kuchenplatte von der Eichenholzanrichte und stellte sie vor ihn auf den Tisch. »Essen Sie doch schnell ein Stückchen Christstollen. Echten von drüben! Meine Cousine schickt uns ja jedes Jahr einen, aber mein alter ...«, sie lachte verschwörerisch, und Schimanski lachte brav mit, »... wie nennt ihr ihn noch?«, fragte sie und zwinkerte ihm zu.

Schimanski war sich nicht sicher, was er machen sollte, aber er hatte den Eindruck, Frau Königsberg wisse ohnehin Bescheid.

»Ja, wir nennen ihn ... wir nennen ihn Klops«, stammelte er und nahm sich verlegen ein Stück von dem Stollen.

»Ja«, Frau Königsberg nickte eifrig und keineswegs überrascht, »ja, der isst ja keinen, weil ...« Sie deutete mit Händen eine wachsende Plauze an und lachte wieder herzhaft.

»Ja, ja«, sagte Schimanski mit vollem Mund. »Das Problem kenn ich.«

Die Tür zum Wohnzimmer öffnete sich. »Mensch, Erika«, sagte Königsberg, »wo –?« Er brach ab, als er Schimanski sah, der sich gerade den restlichen Stollen in den Mund schob.

Schimanski fürchtete schon, es würde einen der berüchtigten Königsberg'schen Spontananschisse geben, aber Königsberg riss sich erkennbar am Riemen und orderte ihn mit einer entschiedenen Geste ins Wohnzimmer.

Schimanski gehorchte sofort, und Königsberg schloss die Tür hinter ihm sorgfältig. Wie die ganze Wohnung wurde der Raum dominiert von dunklem Holz und großen Segelschiffmodellen.

In der Ecke versuchte ein Weihnachtsbaum das Seine, festliche Atmosphäre zu verströmen, aber schon gegen Königsbergs Miene hatte er keine Chance; erst recht nicht gegen die der hageren Gestalt, die auf dem rotbraunen Ledersofa saß und sich betont höflich erhob, als Schimanski den Raum betrat.

Königsberg stellte die Herrschaften einander vor. »Hauptkommissar Schimanski – Herr Cantz, ehemaliger Gerichtspräsident, Vorgänger von Herrn Dr. Soppe.«

Der Gerichtspräsident a. D. sah genau so aus, wie Schimanski sich einen Gerichtspräsidenten vorstellte. Hochgewachsen, scharf geschnittene Gesichtszüge und ein ebensolcher Anzug. Die polierten schwarzen Schuhe waren das Einzige, was an dem Mann strahlte. Er musterte Schimanski wie ein Insektenforscher einen Laufkäfer, den er gleich aufspießen und seiner Sammlung einverleiben würde.

»Also, Horst, lass uns –«

Schimanski fuhr sich mit seinem Strickschal unter der Nase her. Königsberg zuckte zusammen, und der Blick von Herrn Cantz senior bekam etwas Angewidertes. Königsberg griff nach dem Schal, aber Schimanski gab ihn nicht frei.

Königsberg starrte ihn an. Seine Kiefer mahlten. »... lass uns gleich zur Sache kommen«, fuhr er mühsam beherrscht fort.

Cantz senior ließ sich wieder auf seinen Platz auf dem Sofa sinken, und Königsberg setzte sich in einen der beiden Ledersessel. Dass Schimanski keinen Platz angeboten bekam, nahm er zur Kenntnis, aber es war ihm egal. Er blieb stehen und pulte sich mit der Zunge die Rosinen aus den Zähnen, die der Stollen dort hinterlassen hatte.

»Der junge Herr Cantz will – aufgrund deines gestrigen Verhaltens, das, wie ich höre, heute sogar noch eine Steigerung erfahren hat – offiziell Beschwerde einlegen. So was zieht *normalerweise* ein Disziplinarverfahren nach sich. Was das bedeutet, das dürfte *dir* ja wohl hinlänglich bekannt sein«, sagte Königsberg mit einem traurigen Lachen.

Der Gerichtspräsident a. D. legte ein Bein über das andere und versuchte, so etwas wie die Andeutung von Nachsicht in seine Miene zu bringen.

»Mein Freund Königsberg«, sagte er und betonte das Wort »Freund« kaum merklich, »hat mir die Geschichte von damals erzählt. Ich kann Ihr persönliches

Engagement zwar verstehen, aber in seiner Form *absolut* nicht billigen.« Er begann, an den Fingern das Gleiche aufzuzählen wie sein Sohn vor einer Stunde.

»Von Kompetenzüberschreitung, Rechtsbehinderung, Nötigung bis zur einfachen Körperverletzung haben Sie so ziemlich alles getan, wovor ein Polizeischüler ausdrücklich gewarnt wird.«

Schimanski stand mitten im Wohnzimmer und betrachtete die Segelschiffe. Es war ihm wurscht, ob es so unhöflich wirkte, wie es gemeint war.

Cantz senior faltete die Hände im Schoß und legte den Kopf schräg. »Wie man hört, haben Sie ja einige recht *beachtliche* Erfolge aufzuweisen«, sagte er.

Schimanski sah ihn verwundert an. So viel Kredit hatte er von dem Kerl nicht erwartet, und er bekam ihn auch gleich wieder eingeschränkt.

»... über deren Zustandekommen ich mir kein Urteil erlauben möchte«, beendete der Gerichtspräsident a. D. seinen Satz. Dann erhob er sich vom Sofa. Die Hände hinter dem Rücken verschränkt, trat er langsam auf Schimanski zu.

»Ich kenne Ihren Vorgesetzten seit Jahren und vertraue seinem Urteil.« Er nickte Königsberg respektvoll zu. »Einzig und allein aus diesem Grund bin ich bereit, auf meinen Sohn einzuwirken, dass er die Beschwerde zurücknimmt. Versprechen kann ich natürlich nichts, aber im Allgemeinen nimmt mein Filius meinen fachlichen Rat an. *Ihnen* aber, Herr ...« Er zögerte.

»Schimanski«, half Königsberg aus. Er erhob sich ebenfalls und stellte sich neben seinen Freund.

»... Schimanski«, fuhr Cantz senior fort, »Ihnen kann ich nur raten, sich mit den bürgerlichen Grundrechten vertraut zu machen, auf denen jede Gesellschaft, die als zivilisiert gelten will, basiert.«

Königsberg nickte beifällig, und der Gerichtspräsident a. D. nahm wieder auf dem Sofa Platz.

Schimanski sagte nichts.

»Also, Horst …«, sagte Königsberg auffordernd. Offenbar erwartete er eine Entschuldigung oder etwas Ähnliches.

Schimanski zuckte die Schultern.

»Ich kenn schon die Grundrechte. Keine Sorge … Herr Cantz«, sagte er. »Es nur nicht meine Art … oder ich bin vielleicht nicht der Typ, einem potenziellen Mörder in den Arsch zu kriechen …«

Königsberg ließ fassungslos die Schultern sinken. Cantz senior sah unangenehm berührt zur Seite. Aber Schimanski war noch nicht fertig.

»Ich bin seit über zwanzig Jahren Bulle. Und da lernt man schon … also … da merkt man, wenn jemand lügt.«

Königsberg baute sich vor ihm auf. »Sag mal, *bist* du so blöd oder *willst* du das nicht verstehen?«, fauchte er. »Du bastelst dir hier auf eigene Faust mit allen Mitteln *irgend*etwas zusammen. Aus reiner Eitelkeit!« Wütend begann er, im Zimmer auf und ab zu gehen. »Nur weil du vor zehn Jahren mal was verbockt hast. Das ist doch paranoid!«, brüllte er.

Die Tür zur Küche öffnete sich, und Frau Königsberg kam mit einer Kaffeekanne herein. Königsberg verstummte, aber er starrte Schimanski weiter wütend an.

»Noch ein Tässchen Kaffee, die Herren?«, fragte Frau Königsberg und sah erst ihren Mann, dann Schimanski an, als könne sie es nicht ertragen, wenn in ihren vier Wänden gestritten wurde. Schließlich drängte sie sich zwischen ihnen hindurch zum Sofa.

»Herr Präsident, ein Stück Stollen? Horst, vielleicht Sie?«

Königsberg fasste sie mit sanfter Gewalt am Oberarm und bugsierte sie zurück zur Tür.

»Lass uns noch einen Augenblick allein, Erika … *Bitte!*«, sagte er und schloss die Tür hinter ihr. Nach einer entschuldigenden Geste zu Cantz senior wandte er sich wieder Schimanski zu. »Da du offensichtlich nicht weißt, was du über Weihnachten tun sollst, wirst du mir bis übermorgen einen Bericht schreiben.«

Beim Wort »Bericht« nickte Schimanski ergeben.

»Und wenn ich darin neue Anhaltspunkte entdecken sollte, werde ich die Ermittlungen einleiten. Im Moment bleibt dir nichts anderes übrig, als dich bei Herrn Cantz zu bedanken.«

Königsberg wies auffordernd auf Cantz senior, der mit entspannt verschränkten Armen auf dem Sofa saß. Er schien ziemlich ungerührt, nur die auf seinen linken Oberarm trommelnden Finger seiner Rechten zeigten, dass er sich nicht so wohl fühlte, wie er das gern gehabt hätte.

Schimanski ging langsam auf ihn zu und blieb neben dem Sofa stehen. Königsberg nickte zufrieden, und Herr Cantz machte Anstalten sich zu erheben, um Schimanskis Kotau entgegenzunehmen.

Aber Schimanski wandte sich ab. Er öffnete die Tür zur Diele, trat aus dem Zimmer und knallte die Tür hinter sich zu.

FÜNF

»Und Thanner war *echt* sauer?«, fragte Hänschen. Er saß am Schreibtisch, den Kopf in die Hand gestützt, und sah zu, wie Schimanski die oberste Schublade des Aktenschrankes aufriss und darin herumzuwühlen begann.

»Total bescheuert, Mensch«, maulte Schimanski lautstark. »Der ist in die Alte verknallt, das ist alles.«

Er griff sich einen Stapel von zehn oder fünfzehn Aktenmappen und trug sie zum Schreibtisch.

»Du, ich sag dir, die Mutter hat *jeden Einzelnen* in dem Saunaclub gekannt, du.« Eine Hälfte der Akten knallte er auf seinen Schreibtisch, die andere warf er Hänschen zu, dem es mit einer akrobatischen Verrenkung gelang, sie aufzufangen.

»Als der Blonde mit dem schwarzen Golf abgehauen ist, da hat sie sich fast ins Hemd gemacht. Und was hat Kollege Thanner gemacht?«, brüllte Schimanski.

Hänschen sah zur Tür und forderte ihn mit beschwichtigenden Gesten auf, die Lautstärke zu senken. Aber Schimanski war in Fahrt.

»Ich frag dich, was Kollege Thanner gemacht hat! Pffft! Der hat nach Taschentüchern gefahndet! *Die Pfeife!*«

Hänschen beugte sich über die Akten. »Meinst du, er nimmt den Job beim Rauschgift?«, fragte er leise.

»Soll er doch!«, brüllte Schimanski und wiederholte es noch einmal in Richtung Tür: »Soll er doch!«

Eine Zeit lang arbeiteten sie sich konzentriert durch die Akten.

»Hier«, sagte Hänschen endlich. »Dein Moltke hat in den ersten achtunddreißig Verhörstunden genau elf Sätze gesagt. Davon zehnmal –«

»Das ist kein Fall für die Polizei«, ergänzte Schimanski und sah ihn provozierend an. »Und?«

Hänschen lehnte sich in seinem Stuhl zurück und begann zu lachen. »Scheint mir auch so!«, sagte er und bekam sich vor Lachen nicht mehr ein.

Schimanski starrte ihn finster an, so lange, bis Hänschen sich wieder beruhigt hatte.

»Fängst du jetzt auch noch an, ja?«, fragte er dann.

»Horst …« Hänschen nickte mitleidend und verständnisvoll. »Wenn ganz Deutschland gegen dich ist – Holland steht hinter dir.«

Schimanski versuchte, einigermaßen wütend zu gucken, aber Hänschens treuherzige Visage machte das unmöglich. Schließlich schüttelte er mit einem Grinsen den Kopf und beugte sich wieder über den Papierstapel vor sich. Er würde diesen ganzen Mist noch einmal lesen, zum tausendsten Mal, und wenn es Tage dauerte.

Der neue Zeichner von der Fahndung kam ins Büro. Ein schmächtiges Kerlchen, das aussah, als käme es direkt von der Schule.

»Hier, dein Bravo-Starschnitt«, sagte er und legte zwei Klarsichthüllen vor ihm auf den Schreibtisch. »Einmal auf Folie und einmal künstlerisch veredelt.«

Schimanski nahm die Blätter und traute seinen Augen nicht. Ein derart perfektes Phantombild hatte er noch nie gesehen.

»Is ja Wahnsinn, Mensch«, sagte er. »Irre, toll … Das *ist* der Trottel im schwarzen Golf.« Er reichte das Blatt an Hänschen weiter. »Guck dir das mal an hier, das macht der in 'ner halben Stunde.«

Hänschen warf einen Blick darauf. »Rembrandt?«, fragte er dann und grinste.

»Nee«, sagte der Zeichner. »Zwei Jahre Montmartre.«

Wie lange sie gearbeitet hatten, fiel Schimanski erst auf, als er aus dem Fenster sah und feststellte, dass es draußen bereits stockfinster geworden war. Er klappte seinen Aktendeckel zu und wühlte in der Schreibtischschublade nach Streichhölzern. Als er sie gefunden hatte, zündete er die Kerzen auf dem Adventskranz an.

»Es ist zum Kotzen«, murmelte er, ging um den Tisch herum und setzte sich auf Hänschens Tischkante. »An die hundert Mann. Klassenkameraden, Saufkumpane ... sogar sein Automechaniker! Ich kann dir sagen, wo Bruno Pawlak seine Milch gekauft hat. Aber kein einziger Hinweis auf Gress oder Bachmann oder diesen anderen, wie heißt er denn, dieser, dieser Sülzkopp, dieser –«

»Schröder«, half Hänschen.

Schimanski nickte. »Schröder ...« Er zündete ein weiteres Streichholz an und sah zu, wie es bis zu seinen Fingern herunterbrannte. Erst als es wirklich wehtat, blies er es aus.

Hänschen beugte sich über seine Akte. »Der Einzige, der etwas bringen *könnte*, ist dieser ... Koslowski.«

»Koslowski ...«, nuschelte Schimanski und nickte.

»Ja«, sagte Hänschen. »Der damals so nett über ihn ausgesagt hat. Und dieser Pfarrer ... dieser Pfarrer ...«, er kratzte sich am Kopf. »Wie heißt er, Jus... Jus... Jus...«

»Juskowiak«, ergänzte Schimanski. »Richtig. Juskowiak von der polnischen Mission. Genau. Der hat doch Moltke auch 'n paarmal im Knast besucht, nicht?«

»Ja.« Hänschen nickte zustimmend.

»Ja ...« Schimanski stand auf und ging im Büro auf und ab. Angespannt kaute er auf seiner Unterlippe.

Hänschen sah ihn skeptisch an. »Aber so richtig *neue* Anhaltspunkte sind das eben nicht«, sagte er.

»Nee. Sind sie nicht«, sagte Schimanski resigniert und starrte in die Kerzenflammen.

»Und das Phantombild alleine würde ich Königsberg besser nicht zeigen«, schloss Hänschen.

Schimanski winkte ab. Er wusste, dass Hänschen recht hatte. Er hatte nichts in der Hand, was ihn irgendwie weiterbringen konnte. Es blieb ihm wenig, als auf die nächste Flasche Goldwasser zu warten. Es war an der Zeit, mal an etwas anderes zu denken. Er musste den Kopf freikriegen.

»Sag mal, du ...?«, fragte er. »Wie feiert ihr eigentlich Weihnachten in Holland?«

Hänschen lehnte sich zurück und faltete die Hände vor der Brust.

»Abends werden die Holzschuhe vor die Windmühle gestellt«, sagte er andächtig. »Und am nächsten Morgen ist dann ein Hering drin.«

Schimanski sah ihn ungläubig an. »Ach nee?«

»Ja.« Hänschen nickte bekräftigend. »Und am ersten Feiertag, da sitzt die ganze Familie an einer Gracht, vor einem riesigen, mit Tulpen geschmückten Edamer, und raucht Kiloweise Hasch aus schönen, langen weißen Tonpfeifen. Toll ...«, setzte er noch hinzu, dann schloss er in wohligen Gedanken an die Heimat die Augen.

»Komisch …« Schimanski runzelte die Stirn und schüttelte bedächtig den Kopf. »Also, bei uns«, sagte er, »bei uns ist das ganz anders …«

»Ach ja?« Hänschen sah ihn überrascht an. Als sich ihre Blicke trafen, war es um ihre Beherrschung geschehen. Sie begannen beide zu lachen. Sie lachten, bis ihnen die Tränen die Wangen hinunterliefen. Erst als das Telefon auf seinem Tisch klingelte, gelang es Schimanski, sich wieder zu beruhigen.

Er nahm ab. Es war Schäfer, den heute irgendjemand zum Pförtnerdienst verdonnert hatte.

»Ah, Schäfer! Was gibt's? … Nee, Thanner ist nicht hier«, sagte Schimanski. »Nee, *ich* komm gleich runter.«

Er legte auf und stürmte aus dem Büro.

Schimanski lief die Treppe runter zur Eingangshalle. Unten stand Ariane Pawlak vor dem Pförtnertresen. Dahinter saß Schäfer, in einen Groschenroman vertieft. Als Schimanski auftauchte, sah Ariane suchend die Treppe hoch, wohl in der Hoffnung, dass Thanner noch käme.

»Na, enttäuscht?«, fragte Schimanski scharf. »Aber Kollege Thanner ist wirklich nicht da. Also, wenn Sie was zu sagen haben, dann sagen Sie es mir.«

Ariane hielt sich ein Papiertaschentuch unter die Nase, es war voller Blut. Sie wandte sich ab und drehte ihm den Rücken zu. Mit ein paar hilflosen Schritten lief sie durch die Halle, als wisse sie nicht, wohin. Aber sie schwieg.

»Na gut. Dann warten wir eben«, sagte Schimanski ärgerlich. »Was liest 'n da für 'n Schrott?«, fragte er Schäfer, machte einen Schritt auf den Tresen zu und riss ihm das Heft aus der Hand. »Ejejejejeh …«, sagte er und begann vorzulesen. »Die 38er hatte ihm das halbe Gesicht weggeblasen. Doch selbst auf dem, was noch übrig war, erkannte Dexter das maliziöse Lächeln des umschwärmtesten Produzenten Hollywoods – Bradford.«

Plötzlich schien Ariane zu einer Entscheidung gekommen zu sein. Entschlossen ging sie auf die Tür zu und stieß sie auf.

»Hier!« Schimanski warf Schäfer das Heft wieder zu. »Bradford war der Mörder. Schmeiß weg den Scheiß!«

Dann spurtete er Ariane hinterher, die bereits draußen die Eingangstreppe hinunterlief.

»Bradford? Ist ja Wahnsinn …«, sagte Schäfer und sah Schimanski bewundernd hinterher.

Schimanski erreichte Ariane, als sie in ihren grünen Audi 80 steigen wollte. Er packte sie am Arm. »Wer hat das gemacht?«, fragte er und wies auf ihr Gesicht. Aber sie schüttelte ihn ab und stieg in den Wagen.

Schimanski lief um das Auto herum, riss die Beifahrertür auf und stieg ebenfalls ein.

»Sie wollen mir nicht antworten«, sagte er.

Mit blutverschmierter Nase starrte sie ihn stumm und wütend an. Sie wollte tatsächlich nicht antworten.

Plötzlich heulte ein Motor auf, und ein schwarzer Golf schoss vom Parkplatz des Präsidiums.

»Komm, Mädel, gib Gas!«, rief Schimanski. »Komm, schnell!«

Ariane startete den Motor, legte den Gang ein und fuhr los: rückwärts. Nach wenigen Metern prallten sie gegen den riesigen Weihnachtsbaum des Präsidiums, der sich ächzend und mit erlöschenden Lichterketten quer über die Parkplatzeinfahrt legte.

Schimanski sprang aus dem Wagen und starrte dem schwarzen Golf wütend hinterher, bis der an der nächsten Kreuzung abbog und außer Sicht war. Dann wandte er sich Ariane zu. Auch sie war ausgestiegen. Mechanisch tupfte sie ihre blutende Nase und sah blicklos auf die umgestürzte Tanne. Sie schluchzte leise und erschöpft.

»Tsssss. Das war Absicht, hä?«, bellte Schimanski, aber sie sah ihn nicht an.

»Ich will nicht nach Hause«, sagte sie nur.

»Sie wollten nur wissen, wo Moltke ist, hab ich recht?«, sagte Schimanski scharf.

»Das war doch alles ganz anders …«, jammerte sie kläglich.

»Ja, wie denn anders?«, fauchte Schimanski »Erzähln Se mal!«

Sie sah zu Boden. »Ich möchte doch lieber erst mit Christ… mit Herrn Thanner sprechen«, korrigierte sie sich.

»Okay, bitte.« Schimanski öffnete die Beifahrertür. »Dann fahrn wir eben zu Christian-Herr Thanner.

»Da war ich schon«, sagte Ariane leise. »Er ist nicht zu Hause.«

Schimanski warf entnervt die Hände in die Luft. »Ja, Menschenskind, Sie können sich doch jetzt nicht ‘n Hotel suchen«, rief er.

»Ich will nicht nach Hause«, wiederholte sie nur und sah ihn trotzig an.

Schimanski entgegnete ihren Blick, bis er verstand, worauf die Situation hinauslief.

»Ja, also, bei mir geht's nicht«, sagte er dann entschieden. »Das … das ist völlig unmöglich.«

***

Schimanski ging vor ihr her den schmalen Flur des Hochhauses entlang. Es roch nach Kohl, wie meistens. Irgendjemand kochte immer Kohl in diesem Betonklotz. Kurz bevor sie seine Tür erreichten, ging das Treppenhauslicht aus. Er tastete nach dem Lichtschalter neben der Tür, dessen Glimmlampe schon seit Jahren kaputt war, und erwischte zuerst die Klingel, wie eigentlich immer. Wenigstens war es seine eigene.

»Sag mal …« Ariane sah sich unsicher um. »Soll ich nicht doch besser im Hotel schlafen?«

Schimanski nestelte seinen Schlüsselbund aus der Jackentasche »Nee, nee«, sagte er. »Kommen Sie, kommen Sie … Pennen Sie bei mir auf der Couch … Nu kommen Sie, kommen Sie …«

Er steckte den Schlüssel ins Schloss und öffnete gerade die Tür, als er etwas auf seiner Fußmatte entdeckte.

Es war eine Flasche Danziger Goldwasser, abgestellt auf einem Flugblatt, das für den »Beach Club« warb, die Karibik an der Ruhr.

Schimanski holte einmal tief Luft, dann drückte er Ariane die Flasche in die Hand. »Hier. Rufen Sie Thanner an«, sagte er und rannte los in Richtung Treppenhaus.

»Der ist aber nicht zu Hause, Mann!«, rief Ariane ihm hinterher.

Schimanski stoppte nur kurz. »Dann versuchen Sie's

so lange, bis Sie ihn dranhaben«, rief er zurück. »Soll in den ›Beach Club‹ kommen. Is wichtig!«

Damit stürmte er die Treppe hinunter.

***

»›Beach Club‹? Cool, Mann«, sagte der Taxifahrer.

»Jetzt red nicht, Mann, gib Gas!«, ranzte Schimanski den fusseligen Studenten an. Der trat auch gehorsam auf den Pinn, was seinen alten Diesel aber nicht übermäßig beeindruckte. Schimanski hatte das Gefühl, in Zeitlupe durch die Innenstadt zu gondeln.

»Mensch, kann diese Gurke nich 'n bisschen schneller?«, schnauzte er.

»Jetzt mach mal halblang, Mann. Der hat mehr als 'ne halbe Million auf'm Tacho.«

»Na super«, brummte Schimanski.

»Aber ›Beach Club‹ ist echt cool«, sagte der Fahrer wieder.

»Wieso eigentlich?«, fragte Schimanski.

»Na, die zahlen Kopfprämie.«

»Was soll 'n das sein?« Er sah den Fahrer verständnislos an.

»Na, für jeden Kunden, den ich denen anbring, krieg ich 'n Fuffi.«

»Wieso das denn?«

»Das ist üblich bei den Edel-Puffs. Da kriegt unsereiner Provision, quasi.«

»Provision? Du studierst wohl BWL?«

»Genau«, antwortete der Fahrer und grinste.

»Na, dann mach dir mal nicht allzu viel Hoffnung«, sagte Schimanski und zeigte dem Studenten seine Marke. »Ist ‘ne Dienstfahrt. Und ich brauch ‘ne Quittung.«

Der Taxifahrer hatte gar nicht erst gefragt, ob er warten solle, und haute ab, sobald Schimanski die Tür zugeworfen hatte. Der »Beach Club« hatte anscheinend ohnehin Ruhetag, jedenfalls war die Außenbeleuchtung ausgeschaltet. Schimanski ging zum Eingang und drückte dagegen. Die Tür ging auf. Sie war nicht nur unverschlossen, sondern auch nur angelehnt. Ein Blick auf das Schloss zeigte, dass ein anderer Zustand gar nicht mehr möglich war. Es war brachial aufgehebelt worden.

Drinnen war alles dunkel. Schimanski tastete sich vorwärts und stolperte fast über einen Korbsessel. Im spärlichen Licht, das von den Straßenlaternen durch die offene Tür sickerte, fand er die Tür zum Poolbereich. Er stieß sie auf und tastete nach einem Lichtschalter. Tatsächlich fand er einen, und sofort ging hinter den künstlichen Palmen die Sonne auf. Die Papageien schienen sich davon eher gestört zu fühlen, jedenfalls protestierten sie mit heftigem Gekrächze.

Im großen Ganzen sah alles genauso aus wie am Morgen, nur dass jetzt aufgeräumt war. Störend war allenfalls ein Korbliegestuhl, der mitten im Weg neben dem Pool stand.

Auf dem Liegestuhl lag Bachmann.

Er war ganz ähnlich verschnürt wie Gress, als sie ihn im Kofferraum entdeckt hatten. Und genau wie bei Gress war sein Mund mit einem Streifen braunen Paketbandes zugeklebt.

Die Hände in den Jackentaschen, ging Schimanski langsam zu dem Liegestuhl. Bachmann zerrte wild an seinen Fesseln und verdrehte die Augen, um erkennen zu können, wer da auf ihn zukam.

»Na, Bachmann? Besuch gehabt?«, fragte Schimanski und trat hinter den Stuhl. Er packte die Lehne und schob das Fußende so weit über den Poolrand, dass er so gerade eben nicht nach vorn kippte. Bachmanns Lage war alles andere als stabil, und das war ihm klar. Mit angstgeweiteten Augen starrte er auf das blaue Wasser.

»So«, sagte Schimanski und begann, den Stuhl zu schaukeln, immer heftiger, bis Bachmanns Schuhe ins Wasser tauchten.

Bachmann machte »Mmmmmmmhjmmm!« unter dem Paketband, mehr blieb ihm nicht übrig, aber Schimanski schaukelte weiter.

»Wie geht 'n eigentlich so 'n Coconutten-Cocktail?«, fragte er. »Was kommt da so rein?«

Er unterbrach das Schaukeln kurz und riss Bachmann das Klebeband vom Mund, was der mit einem unartikulierten Schrei quittierte. Schimanski knüllte das Band zusammen und warf es achtlos in den Pool. Dann nahm er das Schaukeln wieder auf.

Bachmann rang keuchend nach Luft.

»Komm, ich warte«, sagte Schimanski auffordernd. »Also?«

»Losbinden!«, schrie Bachmann.

Schimanski schüttelte den Kopf. »Ich warte! Also?«

»Rum!«, keuchte Bachmann und sah dabei aus, als würde er gleich in Tränen ausbrechen.

Schimanski ging zur Bar. Bachmann ließ er auf dem Stuhl in seiner labil-wackligen Position am Poolrand stehen.

»Moment, Moment …« Schimanski beugte sich über die Theke und griff sich ein Glas. »So, fertig. Also erzähl«, sagte er.

Bachmann hatte Panik im Blick. Er schien nicht recht zu verstehen, um was er gerade gebeten wurde.

»Was?«, blaffte Schimanski ihn an.

»Vier Zentiliter weißer Rum …«, stieß Bachmann endlich hervor.

Schimanski nickte zufrieden, hob das Glas und drückte es zweimal gegen den Portionierer der Bacardiflasche. Dann sah er fragend zu Bachmann.

»Acht Zentiliter Batida de Coco …«, jammerte der.

Schimanski füllte auf. »Und weiter?«

»'n Spritzer Lime Juice …«, schluchzte Bachmann.

Schimanski suchte hinter der Bar nach der Flasche und tat wie ihm geheißen.

»Und? Ich hör nix!«, rief er dann.

»Und das Ganze mit Ananassaft auffüllen …« Jetzt brach Bachmann tatsächlich in Tränen aus.

Schimanski kippte den Saft in das Glas und garnierte den Cocktail noch mit einer Zitronenscheibe. Das Glas in der Hand, schlenderte er gemächlich zu Bachmann hinüber, der ihm verängstigt entgegensah. Schimanski führte das Glas kurz an die Nase, schnüffelte daran und verzog das Gesicht. Das Zeug war nicht sein Fall. Aber für ihn war es ja auch nicht gedacht.

Er nahm die Zitronenscheibe und warf sie in den Pool. Dann trat er hinter Bachmann, hielt ihm die Nase zu, bis er den Mund aufmachte, und kippte ihm den Inhalt des Glases in den Schlund. Erst als Bachmann es bis zur Neige intus hatte, nahm er das Glas wieder weg.

»Also?«, fragte er ruhig. »Wer hat Bruno Pawlak erschossen? Und den Wachmann?«

Von Bachmann kam nichts außer Geröchel, Gekeuche und Gestöhne.

»Was?«, fragte Schimanski vorsichtshalber noch einmal, aber Bachmann antwortete nicht.

»Okay ... Was machn wir jetzt? Jetzt machn wir uns mal ...« Gedankenverloren warf Schimanski das leere Glas von einer Hand in die andere, bis ihm die zündende Idee kam. »'ne Bloody Mary!«, sagte er und ging wieder zur Bar.

Plötzlich fiel irgendwo in dem Gebäude mit einem dumpfen Knall eine Tür zu.

Die Papageien kreischten, und Bachmann tat es ihnen gleich.

»Er ist noch hier, der Wahnsinnige!«

Schimanski zog den Liegstuhl vom Pool weg. Er sah sich um, aber hinter dem Gewirr der Plastikbotanik war nichts zu entdecken.

»Moltke!«, brüllte er und lief am Pool entlang in die Richtung, aus der seiner Vermutung nach das Geräusch gekommen war.

»Der ist wahnsinnig!«, schrie Bachmann hinter ihm. »Mach mich los!«

Aber Schimanski hatte anderes zu tun, als sich um den Saunaclubbesitzer zu kümmern. Er ging weiter. »Moltke!«, rief er.

Die Papageien schrien wie wahnsinnig um die Wette und schlugen wild mit ihren gestutzten Flügeln. Überall hinter dem künstlichen Grün schien sich etwas zu bewegen. Schimanski umkreiste den Pool, vorsichtig in jede Lücke lugend, die die Palmen ließen. Schließlich war er einigermaßen sicher, dass Moltke nicht am Pool war. Auch die Papageien hatten sich wieder beruhigt. Er kam zu einer Milchglastür. Hier ging es zum Saunabereich. Vorsichtig zog er sie auf und sah hinein. Als er gerade auf der Schwelle war, kreischten hinter ihm plötzlich wieder die Papageien auf. Schimanski drehte sich um.

Das war ein Fehler.

***

Etwas Warmes tropfte auf seine Nase und seine Stirn und weckte ihn. Nur ganz langsam schaffte er es, aus einer großen Dunkelheit aufzutauchen. Er versuchte, den Tropfen auszuweichen, aber er fand nicht die Kraft. Nicht einmal die Augen bekam er auf. Ein ziemlich bestialischer Schmerz wühlte in seinem Nacken, und es wollte ihm durchaus nicht einfallen, wo er war. Er konnte es sich auch nicht zusammenreimen, denn er war noch nie in seinem Leben an einem so heißen Ort gewesen. Höchstens in einer Sauna.

Beim Wort »Sauna« klickte etwas in seinem Gehirn, und er schaffte es, die Augen aufzumachen.

Tatsächlich, er befand sich in einer Sauna, oder eher einem Dampfbad. Allerdings lag er flach auf dem Boden. Und er war komplett angezogen. Von den weißen Kacheln an der Decke tropfte Kondenswasser auf ihn herab. Langsam richtete er sich auf. Als er über seinen Nacken tastete, fuhr er vor Schmerz zusammen. Er hatte eine riesige Beule am Hinterkopf.

Langsam kehrte die Erinnerung zurück. Irgendjemand musste ihn mit einem Baseballschläger oder so was erwischt haben, als er sich in der Tür noch einmal umgedreht hatte.

Keuchend rang er um Atem. Egal, wer oder was: Er musste hier raus. Nur mühsam kam er auf die Beine. Der Dampf ließ ihm kaum einen Meter Sicht. Er tastete sich an der Wand entlang zur Tür. Als er sie öffnen wollte, rührte sie sich nicht. Wütend zerrte er am Griff der Glastür, aber sie war blockiert. Durch das beschlagene Glas sah er, dass unter dem Türgriff die schmale Lehne eines dieser Korbstühle klemmte, die hier überall herumstanden.

Schimanski rang um Atem. Er trat mit dem Absatz seiner Cowboystiefel gegen das Glas und zerrte wieder am Plastikgriff der Tür, ohne Resultat. Diese Stühle sahen aus, als würden sie sofort zusammenbrechen, wenn sich ein erwachsener Mann draufsetzte, aber die Lehne war verdammt noch mal stabil genug, die Tür komplett zu blockieren.

Schimanski lief der Schweiß in die Augen. Er war klatschnass, und das nur zum kleineren Teil vom Kondenswasser. Er streifte den Schal und die Jacke ab, dann auch seinen blauen Pullover und das schwarze T-Shirt. Das half, aber nicht viel und nicht lange. Es wurde immer heißer und der Dampf noch dichter. Er konnte sich kaum aufrecht halten. Mit letzter Kraft warf er sich gegen die Tür, zweimal, dreimal. Sie bewegte sich ein paar Millimeter, das war alles. Er versuchte, stehen zu bleiben, aber langsam gaben seine Beine nach. Er wehrte sich verzweifelt dagegen, aber es half nicht. Das Gesicht gegen das Glas der Tür gepresst, rutschte er zu Boden. Dann tauchte er wieder in die Dunkelheit ab.

***

Was ihn diesmal weckte, war ein heftiger Schlag ins Gesicht. Vergeblich versuchte er, die Hände zur Abwehr hochzukriegen, es gelang nicht.

»Horst!«, brüllte ihm jemand ins Ohr. »Um Gottes willen!«

Gierig sog er die kühle Luft ein, die ihn plötzlich umgab, erst dann öffnete er die Augen. Er lag auf dem Kachelboden vor dem Eingang des Dampfbades, neben ihm stand der verdammte Korbsessel.

»Mann, wo warst du denn?«, röchelte er.

»Ich war in Düsseldorf!«, antwortete Thanner, fasste Schimanski unter den Armen und zog ihn in die Senkrechte. »Was ist denn passiert?«

Schimanski stammelte etwas Zusammenhangloses zur Antwort. Auf Thanners Schulter gestützt wankte er in Richtung der Duschen.

Thanner drehte ihm die Schwalldusche auf und schob ihn darunter. Für eine Sekunde dachte Schimanski, das kalte Wasser würde ihn umbringen, aber dann war es die reine Erlösung. Dankbar ließ er es über seinen Körper laufen.

»Was ist passiert?«, fragte Thanner wieder.

»Keine Ahnung. Frag Bachmann«, sagte Schimanski und tauchte sein Gesicht wieder in den Schwall der Dusche.

»Bachmann?« Thanner runzelte die Stirn.

»Ja, ja. Klar«, sagte Schimanski, drehte die Dusche ab und ging zum Tauchbecken. »Der sitzt draußen am Pool.«

»Am Pool? Da bin ich doch grade hergekommen«, murmelte Thanner und ging aus der Dusche.

Schimanski ließ sich in das eiskalte Wasser des Beckens fallen. Er tauchte unter, solange seine Luft reichte. Als er japsend wieder auftauchte, stand Thanner vor dem Becken. Seine Schnurrbartspitzen bebten.

»Komm sofort mit«, sagte er. »Du musst mir helfen.«

Bachmann lag immer noch gefesselt auf dem Liegestuhl, genau so, wie Schimanski ihn zurückgelassen hatte. Allerdings stand der Stuhl nicht mehr neben dem Pool.

Sondern mittendrin.

Schimanski sprang sofort hinein. Das Wasser war nicht sehr tief, es reichte ihm nur bis zur Brust. Für Bachmann war das allerdings den entscheidenden halben Meter zu viel gewesen.

Schimanski zog den Stuhl in Richtung Beckenrand. Thanner packte die Lehne, und gemeinsam bugsierten sie Bachmann mitsamt dem Stuhl aus dem Wasser.

Thanner löste ihm hastig die Fesseln und startete ein paar halbherzige Wiederbelebungsversuche, aber ihnen beiden war klar, dass sie zu spät gekommen waren.

Die Spurensicherung war bei der Arbeit, die in diesem Fall wohl kaum etwas bringen würde. Das Blitzlicht des Fotografen veranlasste die Papageien immer wieder zu erschrockenem Krächzen.

Schimanski saß gegenüber am Poolrand auf der Schwimmleiter. Er hatte sich einen weißen Bademantel aus Bachmanns Fundus geborgt und ließ die nackten Beine ins warme Wasser baumeln. Thanner und Hänschen standen neben der Leiche und diskutierten leise. Schimanski rieb sich den Nacken. Er war froh, dass sein Schädel noch ganz war. Und er hatte nicht vor, diesen Schlag ungesühnt zu lassen.

Königsberg kam rein und steuerte direkt auf Thanner zu.

»Na? Wo steckt Horst?«, fragte er.

»Drüben«, antwortete Thanner, und Königsberg wäre beinahe direkt auf ihn losgestürmt, wenn Thanner ihn nicht am Ärmel gezogen und ihm geraten hätte, besser um den Pool herum-, statt durch ihn hindurchzugehen. Schimanski grinste. Vielleicht dachte Königsberg ja, er könne übers Wasser gehen. Er blieb sitzen, wo er war, und als Königsberg vor ihm stand, begann er zu lachen.

»Wie siehst *du* denn aus?«, fragte er und sprang vor Vergnügen im Bademantel in den Pool. So hatte er Königsberg noch nie gesehen. Er trug unter dem dunklen Mantel tatsächlich einen Smoking samt schwarzer Fliege und weißem Schal.

Königsberg teilte sein Amüsement ganz offensichtlich überhaupt nicht.

»Die haben mich aus'm Weihnachtskonzert rausgeholt«, sagte er. »Schöne Sauerei.«

»Na siehste, siehste.« Schimanski ballte die Faust und schlug aufs Wasser. »Ich hab doch recht gehabt, du. Jetzt wird doch wieder 'n Fall draus.«

»Aber nicht deiner«, sagte Königsberg entschieden. »Das ist Thanners Sache. Du hängst mir da zu tief drin ...« Er nickte auf eine zufriedene Art, gerade so, als habe er alles von Anfang an gewusst. »Moltke«, sagte er. »Der große Schweiger.«

Schimanski starrte ihn fassungslos an. »Wie? Was? Nee!« Hektisch kletterte er die Leiter hoch aus dem Wasser. »Nicht Moltke! Gress war's!«

Königsberg schüttelte unbeeindruckt den Kopf. »Nee, Horst. Moltke.«

»Aber wieso denn?«, fragte Schimanski.

»Weil Gress den ganzen Abend fünf Reihen hinter mir gesessen hat«, sagte Königsberg kühl. »Mit der Blondine von der Ruhr-Zeitung. Und Moltke war hier! Da fress ich 'n Besen!«

»Na … schön, ja, ja«, sagte Schimanski und sah sich Hilfe suchend um. Thanner und Hänschen standen auf der anderen Seite des Pools und redeten mit dem Fotografen. »Aber Gress … Gress hängt da mit drin! Und der andere, na, wie heißt er denn … na, der Sülzkopp.«

»Schröder«, sagte Königsberg. Er drehte sich um und ging zurück in Richtung der anderen. »Um den kümmern *wir* uns. Aber erst will ich Moltke. Diesen Psychopathen.«

»Karl!« Schimanski lief hinter ihm her und hielt ihn am Arm fest. Mit widerwilliger Miene blieb Königsberg noch einmal stehen.

»Bachmann hat noch gelebt, als ich herkam!«, sagte Schimanski eindringlich. »Wirklich! *Hier* hat er gesessen. Gefesselt – na schön –, aber lebendig.«

Königsberg schob seinen Arm beiseite und ging weiter. »Hör auf, Horst. Moltke verpackt sie, der große Unbekannte legt sie um, und wir tragen sie dann weg, was?« Bei Thanner und Hänschen blieb er stehen. »Du bist *raus*, Horst. Ich will dich vor übermorgen nicht mehr sehn. Thanner, Sie leiten die Fahndung ein. Ziehen Sie mir diesen Irren aus dem Verkehr.«

Thanner nickte begeistert. »Das ist nicht schwer«, sagte er fröhlich. »Moltke ist ja nicht zu übersehen.« Er deutete mit der Hand Pawlaks außergewöhnliche Körpergröße an.

Schimanski und Hänschen tauschten einen Blick.

Schimanski rieb sich die Stirn, und Hänschen feixte kurz, bis Königsberg ihn ansprach.

»Und Sie kümmern sich um diesen ... Sülzkopp, diesen ...«

»Schröder«, sagte Hänschen.

»... ja, ja, Schröder. Und du ...« Königsberg wandte sich noch mal an Schimanski, der sich wieder an den Poolrand gesetzt hatte. »Und du: Erkälte dich nicht«, sagte er.

Damit ging er zur Tür. Thanner lief ihm nach wie ein Schoßhund dem Frauchen. An der Tür hatte er Königsberg eingeholt.

»Und machen Sie mir Druck dahinter«, sagte Königsberg zu ihm.

»Ja«, antwortete Thanner straff.

»Silvester möchte ich die Sache vom Tisch haben«, sagte Königsberg und reichte ihm die Hand.

Thanner schüttelte sie eifrig und machte einen Diener, dann hielt er Königsberg die Tür auf.

Hänschen war zu Schimanski getreten, der sich abtrocknete und wieder in seine feucht-klammen Klamotten stieg. Gemeinsam beobachteten sie den Kollegen Thanner bei der devoten Verabschiedung ihres Vorgesetzten.

»Wenn ich den so dastehen sehe, dann möchte ich ihm am liebsten in den Arsch treten!«, sagte Schimanski heftig.

»Sei nicht ungerecht«, sagte Hänschen. Doch dann formte er mit den Händen einen Trichter vor dem Mund. »Karrierist!«, rief er Thanner zu.

Thanner sah sie böse an und führte eine Hand zum Ohr, als habe er nicht richtig verstanden. »Wie bitte?«, fragte er.

»Dezernatsleiter«, rief Schimanski. »Haha! Das glaubste doch wohl nicht!«

Thanner stieß ein höhnisches Lachen aus. »Tschühüs!«, rief er dann und folgte Königsberg hinaus.

Hänschen winkte ihm zum Abschied freundlich nach.

»Komm«, sagte Schimanski. »Fahr mich nach Hause.«

SECHS

Schimanski schloss die Wohnungstür hinter sich und streifte die Jacke ab. Er warf sie in Richtung des Garderobenhakens in der Diele, aber er verfehlte ihn. Die Jacke fiel zu Boden, und er ließ sie liegen. Er stolperte in die Küche und machte den Kühlschrank auf. Das Einzige, was er darin fand, war ein angebrochenes Sixpack Pils. Er riss eine Dose auf und nahm einen Schluck, gähnte und rieb sich den Nacken. Müde trottete er ins Schlafzimmer. Er setzte sich auf den Bettrand, nahm noch einen Schluck, dann ließ er sich mit einem wohligen Stöhnen einfach nach hinten aufs Bett fallen.

Zu seiner Überraschung antwortete das Bett darauf mit einem protestierenden Grunzen. Er fuhr wieder hoch und zog die Bettdecke beiseite, unter der mit verschlafenen Augen Ariane Pawlak zum Vorschein kam.

»Oh, Entschuldigung.« Schimanski hob die Hände. »Ich hab … ich hab das völlig vergessen. Entschuldige bitte … Komm, penn weiter, penn weiter …«

Ariane war noch gar nicht wach genug, um mitzukriegen, was los war. Schimanski kämpfte sich wieder aus dem Bett und ging rüber ins Wohnzimmer. Mit ein paar halbherzigen Handgriffen ordnete er die Kissen auf dem Sofa, dann stellte er die Bierdose auf dem Fußboden ab und legte sich hin.

»Schlafen Sie schon?«, hörte er Ariane von nebenan fragen.

»Was?«, murmelte er. »Ja.«

»Ich wollt Ihnen was erzählen«, sagte Ariane.

»Hmmm«, machte er und schloss die Augen.

»Gut«, sagte sie. »Also. Ich bin seit drei Jahren mit einem Mann zusammen. Am Anfang war dat gar nicht so leicht, nach so vielen Jahren alleine. Aber er war sehr verständnisvoll. Erst mit der Zeit wurde er immer … besitzergreifender.« Sie stieß ein angewidertes Geräusch aus. »Wegen jedem Dreck eifersüchtig. Er fing an, mir nachzuspionieren. Sie haben ihn schon kennengelernt …«

Sie zögerte ein paar Sekunden.

»Der Blonde in dem schwarzen Golf«, sagte sie dann. Sie lauschte, aber Schimanski sagte nichts. »Und seit Heiligabend denkt er jetzt, ich wollte ihn wegen Christian verlassen«, fuhr sie fort. »Und heute Abend ist er halt ausgetickert und hat mir vor Wut eine geknallt. Daher das Nasenbluten. Ich dacht mir, Sie sollten dat wissen. Mit Zbigniew hat das nichts zu tun. Sie und Christian sind doch gute Freunde, und da hab ich mir gedacht …«

Plötzlich fiel ihr Blick durch die offene Tür in die Küche. Die Kühlschranktür stand weit auf.

»Sagen Se mal, wolln Se nich den Kühlschrank zumachen?«, fragte sie. »Dat taut doch ab, ey … Herr Schimanski? … Herr Schimanski?«

Aber Schimanski antwortete nicht. Sie kroch aus dem Bett und sah ins Wohnzimmer. Schimanski lag auf dem Rücken, sein Mund stand offen, und er schlief wie ein Stein.

***

Schimanski schreckte hoch, als das Telefon schrillte. Er war sich sicher, nicht länger als zehn Sekunden geschlafen zu haben. Etwas desorientiert tastete er im Dunkeln nach dem Apparat. Er musste sich erst klarmachen, dass er auf der Couch lag und nicht im Bett.

»Ja? Ja, hallo?«, meldete er sich, als er das Telefon gefunden hatte.

Es war Moltke.

»Hast du Flasche bekommen?«, fragte er.

»Ja, du …«, sagte Schimanski. »Ja, ja, die Flasche hab ich bekommen. Aber was im Pool lag, du, das war alles andere als Goldstaub.« Er rieb sich die Stirn und den Nacken. »Ich sag dir, du sitzt bis über beide Ohren in der Scheiße.«

»Warum?« Moltke klang leicht verwundert.

»Das erklär ich dir, wenn du mir sagst, wo du bist …«

Am anderen Ende herrschte plötzlich Schweigen.

»Moltke? Moltke, bist du noch dran?«, fragte Schimanski, aber es dauerte noch eine Weile, bis der Pole antwortete.

»Im Zirkus. In Viertelstunde«, sagte er.

»Ja … Ja, okay«, sagte Schimanski eilig. »In 'ner Viertelstunde. Gut …«

»Du kommst allein«, sagte Moltke. »Sonst …«

»Ja! Natürlich komm ich alleine!«

Schimanski legte auf. Dann quälte er sich vom Sofa hoch. Es war ein harter Tag gewesen. Und er war noch nicht zu Ende.

***

Das Winterlager des Zirkus lag in völliger Finsternis. Nur der Vollmond sorgte für blasses Licht, hell genug immerhin, den Eingang zu finden, ohne auf die Schnauze zu fallen. Schimanski öffnete die schwere Schiebetür. Auch drinnen war alles dunkel. Neben der Tür fand er einen altertümlich wirkenden großen Schalter aus Bakelit. Er zog den Hebel nach unten, und nach dem kräftigen Klacken eines Schützes zündeten die Bogenlampen an der Hallendecke.

Die Wagen mit den Tieren standen so da wie am Vortag, dazwischen war aber nun ein großer runder Käfig aufgebaut, wie man ihn von Raubtiervorführungen in Zirkusmanegen kennt. Von den Wagen führte ein Gittertunnel in den Käfig. Der Boden war dick mit Sägespänen bedeckt. Hier wurde wohl mit den Tieren trainiert. Entlang dem Gitter standen die großen Metallhocker, auf denen während der Dressur normalerweise die Tiere kauerten und auf ihren Einsatz warteten. Einer der Hocker stand in der Mitte des Rundes, auf ihm saß Moltke.

Als das Licht anging, wandte er langsam den Kopf. Irgendwie war das Bild, wie er da in dem Käfig saß, für Schimanski stimmig. Wie ein Bär, so wirkte auch er auf den ersten Blick ein bisschen tollpatschig und freundlich. Aber wie ein Bär war auch er riesig und stark, und sich auf seine Freundlichkeit zu verlassen war ziemlich riskant.

Schimanski ging an dem Wagen mit dem Tiger vorbei, der unruhig grollend auf und ab lief.

»Dein letztes Paket ist ins Wasser gefallen«, sagte er und blieb am Käfiggitter stehen.

Moltke sah ihn unbewegt an.

»Bachmann ist tot«, sagte Schimanski.

»*Ich* hab ihn *nicht* getötet.« Moltke zuckte leicht die Schultern. Es sah nicht so aus, als täte es ihm leid um den Saunaclubbesitzer.

»Das Blöde daran is nur, das glaubt dir keiner«, sagte Schimanski. »Die gesamte Polizei ist hinter dir her ... Der einzige Freund, der dir jetzt wirklich bleibt, das bin ich.«

»Du?« Moltkes Augenbrauen hoben sich. Wenn man wollte, konnte man seinen Gesichtsausdruck amüsiert nennen, aber sein Blick und seine Stimme waren kalt. »Du bist letzter Feind auf meinem Weg«, sagte er.

»Du, das Spiel ist verloren«, sagte Schimanski und breitete die Arme aus. »Aus. Ende. Also: Wer ist der Dritte?«

Moltke grinste kühl und stand auf. Langsam kam er auf Schimanski zu. »Er gehört mir«, sagte er. »Er hat getötet Bruno – ich töten ihn. Noch heute.«

Schimanski schüttelte heftig den Kopf. »Das glaub ich aber nicht, du«, sagte er. Sein Blick wanderte an den senkrechten Gitterstäben empor. Alle anderthalb Meter etwa waren sie mit Querverstrebungen verbunden. Entschlossen griff er nach einer der Stangen und begann, sich daran hochzuhangeln. »Das *glaub* ich nicht!«, rief er. Er erreichte den oberen Rand des Gitters und schwang ein Bein darüber. »Oder du musst mich vorher umhauen!« Rittlings saß er auf dem Käfiggitter in drei Metern Höhe und schaute auf Moltke hinunter.

»Nicht, Schimanski«, sagte Moltke scharf. »Oder ich bringe dich um.«

Schimanski zog das andere Bein nach und kletterte das Gitter hinunter. Mit einer Schnelligkeit und Beweglichkeit, die man seinem großen Körper gar nicht zutraute, verschwand Moltke in dem Gittertunnel, der zu den Käfigwagen führte, und rutschte auf allen vieren hindurch. Schimanski ließ sich aus halber Höhe in das Rund fallen, rannte zu der offen stehenden Gitterklappe und folgte ihm.

»Moltke!«, schrie er. »Kapier doch endlich, du Arsch! Ich brauch ihn lebend!«

Der Gittertunnel konnte mit großen Schiebern aus Stahlblech in Abschnitte unterteilt werden, um die Tiere darin zu separieren, und er hatte einen seitlichen Ausgang. Als Moltke ihn erreichte, kletterte er mit katzenhafter Behändigkeit aus dem Tunnel heraus. Mit zwei Schritten war er an dem nächsten Schieber und knallte ihn Schimanski vor die Nase.

»Moltke!«, rief Schimanski noch einmal, aber Moltke beachtete ihn nicht. Er hatte den seitlichen Ausgang des Tunnels verschlossen und stand nun am Löwenkäfig. Mit einer dünnen Holzrute stocherte er durch das Gitter und trieb die Tiere auf die offen stehende Klappe zu, die zum Gittertunnel führte.

Schimanski brauchte einen Moment, um zu verstehen, was Moltke vorhatte. Das heißt, eigentlich verstand er es schon, aber er glaubte nicht recht, was er sah.

Sobald die drei Löwinnen in der Klappe verschwunden waren, zog Moltke den Schieber wieder hoch. Dann lief er zum Tigerkäfig.

Schimanski sah die Löwinnen auf sich zukommen. Der Tunnel war so eng, dass er sich nicht umdrehen konnte. Er hatte bis dahin nicht geahnt, wie schnell ein Mensch auf allen vieren rückwärtskriechen konnte. Er erreichte das Tunnelende eine Sekunde vor den Löwen.

Die Zeit reichte allerdings nicht, um die Klappe zu verschließen. Rückwärts taumelte Schimanski in die

Mitte des Rundes. Dort prallte er gegen den Hocker, auf dem Moltke gesessen hatte. In einer Mischung aus Geistesgegenwart und Verzweiflung packte er den schweren Stuhl, riss ihn hoch und richtete die Beine auf die Tiere.

Schimanski hatte sich nie klargemacht, wie groß diese Viecher wirklich waren. Hinter Gittern oder im Fernsehen fiel das einfach nicht so auf. Es fehlte immer irgendwie der Vergleich, nämlich die eigene Größe. Auge in Auge wirkten die Biester riesig.

Die Löwinnen schienen sich nicht ganz sicher, was sie von der Situation halten sollten. Sie streiften umeinander und ließen dabei ständig ihr furchterregend tiefes Grollen hören.

Schimanski nahm seinen Mut zusammen und versuchte einen Ausfall. Er machte einen Schritt auf sie zu, und tatsächlich wichen die Tiere ein wenig zurück. Sie sahen irritiert umher, und die kleinste der Löwinnen, oder besser die am wenigsten große, tat, was man ihr beigebracht hatte, und sprang tatsächlich auf einen der Hocker.

Schimanski war ein wenig überrascht, so viel natürliche Autorität hatte er bei sich selbst gar nicht vermutet. Den Hocker vor sich haltend, ging er auf das mittelgroße Exemplar zu, das weiter zurückwich. Aber bevor er die Löwin auf den Hocker genötigt hatte, tauchte der Tiger aus dem Tunnel auf.

Das Tier war nicht nur noch mal um einiges größer als die Löwinnen, es näherte sich ihm auch noch von der Seite.

Schimanski blieb wenig anderes, als den Hocker in dessen Richtung zu halten und die Löwen mit nichts als seiner frisch entdeckten Autorität zu beeindrucken.

Bei der kleinsten Löwin gelang das sogar. Sie saß immer noch auf ihrem Hocker und schien sich zu langweilen, jedenfalls gähnte sie herzhaft.

Die beiden anderen Löwinnen waren nur leicht verunsichert, näherten sich im Gefolge des Tigers aber wieder. Schimanski wich zurück, bis er mit dem Rücken zum Gitter stand.

Er warf einen kurzen Blick über die Schulter nach oben, aber solange die Tiere frei umherliefen, hatte er keine Chance, über das Gitter zu kommen. Bevor er nur halb oben war, würden sie ihn herunterpflücken wie eine reife Pflaume. Außerdem bemerkte er, dass es seiner Autorität abträglich war, mit dem Rücken zur Wand zu stehen. Er machte also wieder ein paar Schritte nach vorn, und erneut wichen die Tiere zurück – der Tiger ein wenig unwilliger als die Löwinnen.

Schimanski starrte dem Tiger in die Augen, was nicht so einfach war, wie man sich das vorstellte. Es ging darum, dem Tier vorzumachen, er habe keine Angst vor ihm, und das war nichts weiter als eine verdammte Lüge. Aber er schaffte es, das Biest reinzulegen.

»Pssst, pssst, pssst«, machte Schimanski und wies mit dem Kopf in Richtung der Hocker. Der Tiger schien zu überlegen, und Schimanski wiederholte den Versuch. Die beiden Löwinnen waren etwas schneller von Begriff und hüpften auf die Hocker, aber der Tiger blieb auf dem Boden. Er wich zur Seite aus, was gar nicht gut war, denn Schimanski würde zwischen ihn und die Löwen geraten, wenn er das zuließ. Mit ein paar schnellen Schritten gelang es ihm, den Tiger wieder zurückzutreiben.

Das permanente Grollen der Raubkatzen nagte an seinen Nerven, und langsam bekam er ein zusätzliches Problem. Der Hocker, den er in den Händen hielt, war alles andere als leicht. Seine Oberarme begannen zu schmerzen. Ewig würde er das Ding nicht stemmen können. Die Gesamtsituation war labil, und er hatte keine Ahnung, wie lange er sich in dieser Lage würde halten können.

Noch einmal machte er einen Ausfallschritt auf den Tiger zu, und tatsächlich sprang der nun auf seinen Hocker, aber schon eine Sekunde später setzte er wieder herunter und auf Schimanski zu. Das Spiel begann von vorn, und auch die Löwinnen machten sich daran, sich wieder zu beteiligen.

Plötzlich tauchte ein heller Fleck im Dunkel draußen vor dem Gitter auf und näherte sich. Schimanski konnte nicht riskieren, den Tiger auch nur für einen Sekundenbruchteil aus den Augen zu lassen, aber nach endlos scheinenden Momenten entpuppte sich der Fleck in seinem Augenwinkel als das Gesicht Thanners.

Schimanski gelang es, den Tiger wieder auf den Hocker zu treiben. Thanner hatte seine Pistole gezogen. Allerdings schien er keine Ahnung zu haben, auf wen er zuerst zielen sollte. Schimanski schien die Idee, mit einer Walther PPK auf Großwildjagd zu gehen, ohnehin nicht sehr überzeugend. Besonders angesichts der Tatsache, dass er sich in unmittelbarer Nähe des Großwilds befand. Im Gegensatz zum Schützen übrigens.

»Nicht schießen, Thanner!«, sagte er. »Nicht schießen.«

Thanner warf einen zweifelnden Blick auf seine

Pistole, dann steckte er sie wieder ein. So plötzlich, wie er gekommen war, verschwand er wieder aus Schimanskis Blickfeld.

Immerhin saßen die vier Raubkatzen nun auf ihren Hockern und schienen auf Befehle zu warten.

Jetzt oder nie, dachte Schimanski. Er ließ den Hocker zu Boden fallen und griff nach den Gitterstäben. Er hatte gerade die erste Querstrebe erreicht, als die größte Löwin mit einem mächtigen Satz von ihrem Hocker und auf ihn zusprang. Schimanski packte den oberen Rand des Gitters, aber bevor er sich hochziehen konnte, spürte er die Pranke der Löwin an seinem Stiefel. Er sah hinunter und rammte dem Vieh den Absatz auf die Nase, was das Tier aber nur mäßig beeindruckte. Größere Wirkung erzielte da Thanner.

»Hierher«, rief er und schwenkte vor dem Käfig ein riesiges Stück rohes Fleisch, das er auf eine Mistgabel gespießt hatte. »Komm her, komm … hierher, komm …«

Die drei anderen Tiere stürzten sofort in Richtung des Futters. Sie streckten ihre Pranken durch die Gitterstäbe und versuchten, ihre Krallen in das Fleisch zu schlagen. Thanner hielt das Stück so, dass sie es gerade eben nicht erreichen konnten. Die Halle bebte von wütendem Gebrüll.

Nur Schimanskis Löwin zeigte kein Interesse, von ihrer Beute abzulassen. Schimanski trat ihr noch mal gegen die Nase, dann gelang es ihm, sich so weit hochzuschwingen, dass er außer Reichweite der Pranken war. Er verhakte einen Fuß am oberen Rand des Gitters und klammerte sich verzweifelt mit den Händen dort fest. Keine halbe Minute würde er sich so halten können, aber die Löwin wandte sich nun doch mit einem beleidigten Fauchen ab und lief hinüber zu den anderen Tieren und Thanners Fütterung.

»Danke«, sagte Schimanski, als er vor dem Käfig neben Thanner stand. Seine Hände waren taub vom Gewicht des schweren Hockers, und er rieb sie heftig, um wieder Gefühl hineinzubekommen.

Sie gingen nebeneinanderher zum Hallentor. Draußen stand ein halbes Dutzend Streifenwagen in der Dunkelheit, auf einigen drehten sich die Blaulichter und tauchten die Szenerie in ein unwirklich zuckendes Licht.

Thanner blieb stehen und sah Schimanski mitleidlos an.

»Wenn er uns entwischt, dann bist du dran«, sagte er kühl und stieß ein kleines Lachen aus, als amüsiere ihn diese Vorstellung.

Schimanski nickte. »Ja, ja, ich weiß.«

Er musterte den Dicken von der Seite. Thanner trug einen schwarzen, teuer wirkenden Wintermantel und hatte einen bordeauxroten Kaschmirschal locker um den Hals geschlungen. Mit selbstzufriedenem Feldherrenblick sah er zu, wie seine Schupotruppe das unübersichtliche Gelände nach Moltke durchforstete.

»Das war auch mal anders zwischen uns beiden, du«, sagte Schimanski.

»Wieso?«, fragte Thanner. Es klang desinteressiert.

»Ich weiß nicht …« Schimanski wandte kopfschüttelnd den Blick ab. »Wir hatten einfach … einfach 'ne andere Basis … Das ist *mein* Fall, und das weißt du.«

»Und jetzt ist es meiner.« Thanner zuckte beiläufig die Achseln. »Kann *ich* was dafür? Du hast es dir selber vermasselt. Schon zwei Mal.«

»Soll ich dir was sagen?« Schimanski sah an ihm vorbei, während er sprach.

»Hm?« Auch Thanner wandte den Kopf ab.

»Wir sind kein richtiges Team mehr«, sagte Schimanski. »Es ist wirklich am besten, du bewirbst dich als Dezernatsleiter.«

Thanner nickte zustimmend. »Danke. Schon passiert«, sagte er.

»Ja. Schon wegen deiner Klamotten ...« Schimanski deutete angewidert auf den Kaschmirschal, dann ließ er Thanner stehen.

Wachtmeister Schneider, einer von Thanners Uniformierten, kam ihm entgegengerannt, die Dienstwaffe in der gehobenen Hand. Wenn Schimanski nicht einen schnellen Schritt zur Seite gemacht hätte, wären sie zusammengeprallt. Schneider rannte ohne Entschuldigung weiter. Schimanski sah ihm nicht nach. Er marschierte durch den Pulk der Polizeiwagen hindurch in Richtung des Bahndamms, der das Gelände des Winterlagers begrenzte.

Schneider blieb um Atem ringend vor Thanner stehen.

»Der ... der ist weg!«, keuchte er und fuchtelte mit dem Lauf seiner Waffe vor Thanners Gesicht herum.

Thanner stieß sie wütend von sich weg. *»Mensch!«*, zischte er. »Wer ist weg?«

Schneider sah ihn an, als habe er die Frage nicht verstanden. »Der Moltke ist weg!«

Thanners Gesicht versteinerte. Er packte Schneider an der Schulter und zog ihn zu sich heran.

»Hier hat niemand Schimanski gesehen, kapiert!«, sagte er scharf und leise.

Schneider lachte dümmlich und wies in Richtung

der Stelle, an der er Schimanski gerade fast umgerannt hatte.

»Sonst polier ich euch die Fresse«, sagte Thanner.

Schneider wollte sich nicht einkriegen vor Lachen. Superwitz, den der Thanner da machte.

Thanner zog ihn so dicht an sich heran, dass sich ihre Nasen fast berührten. »Eigenhändig!«, brüllte er Schneider ins Gesicht. »Ist das *klar*?«

Endlich hatte Schneider verstanden.

»Natürlich«, sagte er erschrocken und nickte heftig.

SIEBEN

Als Schimanski die Laarer Kirche betrat, schien am Altar so etwas wie eine Stellprobe für eine Hochzeit abzulaufen. Ganz sicher konnte er nicht sein, denn die gesamte Unterhaltung wurde auf Polnisch geführt. Es befand sich ein gutes Dutzend Menschen vor dem Altar, Mädchen, junge Burschen, Kinder, aber auch einige ältere.

Der Pfarrer, ein asketisch wirkender Mann von vielleicht Mitte sechzig, redete gerade in scharf klingenden Worten auf einen alles andere als asketisch wirkenden Mann gleichen Alters ein, der offenbar die Anweisungen nicht so befolgt hatte, wie der Pfarrer und die katholische Kirche das vorgesehen hatten. Der Mann nickte jedenfalls schuldbewusst und nahm wieder seine Position ein. Nun sang der Pfarrer mit dünner Altmännerstimme Wagners Hochzeitsmarsch und dirigierte den Trupp mit dezenten Handbewegungen auf sich zu.

Endlich nickte er zufrieden und entließ die Leute, die sich sofort fröhlich schwatzend auf die Tür der Sakristei zubewegten.

Schimanski war den Mittelgang entlanggegangen und stand nun vor der Treppe zum Altar.

»Entschuldigen Sie bitte …«, rief er.

Der Pfarrer fuhr herum und zischte ihm ein scharfes »Psssst« zu. Schimanski machte eine entschuldigende Geste. Der Mann, der eben den Anpfiff des Pfarrers kassiert hatte, blieb stehen und sah zu ihm herunter. Schimanski trat zu ihm.

»Mein Name ist Schimanski«, sagte er leise. »Ich komme wegen Zbigniew.«

»Ah!« Der Mann strahlte ihn an. »Ein Freund von Zbigniew!« Er reichte ihm die Hand. Schimanski machte einen kleinen Diener und schüttelte sie.

»Ich bin Adam Koslowski«, sagte der Mann. Er war ein rundlicher Typ mit Vollbart, schütterem Haar und freundlichem Gesicht. Er wies auf die Sakristeitür, in der gerade eine hübsche junge Frau an der Hand eines feschen Burschen verschwand.

»Heute verlier ich meine Tochter an diesen jungen Mann da«, sagte Koslowski und gab Schimanski einen Klaps auf die Schulter. »Komm, trinkst du einen mit uns auf die Braut, Schimanski.«

Schimanski folgte ihm in die Sakristei. Der Raum war voller Menschen, es mussten viel mehr sein als das Dutzend, das eben vor dem Altar geübt hatte. Und offenbar machte man sich schon mal warm für die anstehenden Feierlichkeiten.

Koslowski wies auf einen großen Tisch, der sich unter Brautgeschenken bog. »Hier, sehen Sie«, sagte er. »Espressomaschine, Elektromesser ... Eierkocher ...« Er hielt inne und zeigte auf ein naives Ölgemälde, das zwischen all den Elektroartikeln ein wenig deplatziert wirkte. »Und das hier ist ein Bild von Zbigniew«, sagte er. Er nahm es vom Tisch und reichte es Schimanski.

Es zeigte eine Figur mit Mönchskutte und Heiligenschein vor einem Baum voller Vögel. Schimanski kratzte sich am Kinn. Sein Sinn für religiöse Kunst war einigermaßen eingeschränkt. Aber sogar er erkannte, dass sich der Maler viel Mühe gegeben hatte.

Eine Frau trug ein Tablett mit Gläsern voll klarer

Flüssigkeit herbei. »Meine Frau und ich haben mit zwei Stück Bettwäsche angefangen«, sagte Koslowski und nahm zwei der Gläser. »Und wir haben trotzdem viel Spaß gehabt, nicht wahr, Olga?«

Er lächelte seine Frau an, und sie warf ihm einen Kuss zu. Dann trug sie das Tablett weiter. Schimanski stand leicht betreten da und hielt immer noch das Bild in den Händen.

»Schönes Bild, nicht?«, sagte Koslowski. »Der heilige Franz von Assisi predigt den Vögeln.« Koslowski zuckte traurig die Schultern. »Hat er ein Jahr daran gemalt«, sagte er mit Bedauern in der Stimme. »Na, Sie wissen ja. Was für ein Unglück.«

Er reichte Schimanski ein Glas und stieß mit ihm an. Sie nahmen beide einen Schluck.

»Wo kommst du her?«, fragte Koslowski. »Schimanski ... das ist aus der Gegend von Katowice, richtig?«

Neben ihnen öffnete sich eine Tür, und der Pfarrer kam herein. Er trat zu ihnen und sah Schimanski kühl an.

»Herr Schimanski kommt von der Duisburger Kriminalpolizei«, sagte er. »Er hat Zbigniew damals verhaftet.«

Koslowski sah Schimanski verärgert an. Mit zusammengekniffenen Lippen riss er ihm das Bild aus der Hand.

Beim Wort »Kriminalpolizei« war die Unterhaltung im Raum schlagartig verstummt. Einige der jungen Männer bewegten sich unauffällig, aber entschieden und zügig in Richtung Tür.

Der Pfarrer hielt den ersten von ihnen am Arm fest und sah ihm in die Augen.

»Keine Angst, Pavel«, sagte er.

Die Männer blickten unsicher von ihm zu Schimanski. Sie blieben stehen, aber die feindselige Stimmung im Raum war mit Händen zu greifen. Schimanski wurde klar, dass er hier zu den Bösen gezählt wurde.

»Ich glaube nicht, dass Herr Schimanski daran interessiert ist, ein paar armselige Schwarzarbeiter zu verhaften«, sagte der Pfarrer. »Sicher haben seine Vorfahren damals hier genauso angefangen.«

Er sah Schimanski über den Rand seiner schweren Hornbrille hinweg an.

»Ach was ...« Schimanski winkte mit großer Geste ab. »Von mir aus könnt ihr hier in Schwarzarbeit den ganzen Kölner Dom aufbauen!«, rief er in den Raum.

Mit einer raschen Geste drängte der Pfarrer ihn, die Lautstärke zu dämpfen. Schimanski nickte und hob beschwichtigend die Hände.

»Ich such Zbigniew«, sagte er beherrscht. »Zbigniew Pawlak!«

»Was wollen Sie von ihm?«, fragte der Pfarrer.

Schimanski überlegte, wie der Mann hieß. Hatte Hänschen nicht seinen Namen in der Akte gefunden?

»Ich hab hier immer noch 'nen Fall aufzuklären, Herr Pfarrer!«, sagte er dann, schon wieder erheblich lauter.

»Er hat neun Jahre lang geschwiegen«, sagte der Pfarrer.

»Ja, das tut er immer noch.« Schimanski lachte spöttisch. »Aber die Fehler, die er macht, die fangen an zu sprechen.«

»Was für Fehler?« Der Pfarrer sah ihn verständnislos an.

»Also heute beispielsweise«, sagte Schimanski leichthin, »da will er jemanden umbringen.« Mit einem Schulterzucken wandte er sich ab und machte einen Schritt in Richtung Tür, aber der Pfarrer hielt ihn am Arm fest. Schimanski streifte seine Hand ab, doch zwei der jungen Kerle an der Tür schubsten ihn zurück in den Raum.

»Wissen Sie was, Herr Pfarrer?«, sagte er. »Im Grunde kann es mir scheißegal sein, wenn zwei Psychopathen sich gegenseitig umbringen wollen. Das Dumme daran ist nur: Den einen will *ich*. Und zwar lebend.«

Der Pfarrer nickte verstehend. »Ich werd mit ihm sprechen«, sagte er.

»Das bringt doch nichts«, bellte Schimanski. »Also, wo isser?«

»Er ist sehr gläubig, Herr Schimanski«, wandte der Pfarrer ein.

Schimanski strich sich über den Schnäuzer. »Also, wenn er gläubig ist, dann sollte er nicht töten.«

»Lassen Sie mich zuerst mit ihm sprechen«, sagte der Pfarrer.

Schimanski drehte genervt die Augen zur Decke, aber der Pfarrer gab nicht nach.

»Allein …«, sagte er eindringlich. »Schimanski … bitte …«

***

Schimanski trat aus der hochzeitlich geschmückten Tür der Sakristei auf die Straße. Die Sonne hatte es tatsächlich durch die grauen Duisburger Wolken geschafft, aber es hätte mehr als ein bisschen Sonne gebraucht, um Schimanskis Laune aufzuhellen. Die Luft war unverändert winterlich kalt, und die wenigen Straßenbäume streckten ihre kahlen Äste in den Himmel.

Auf der anderen Straßenseite waren zwei Halbwüchsige damit beschäftigt, einen vielleicht zehnjährigen Jungen zu ärgern – etwas, das Schimanski schon scheiße fand, als er selbst noch halbwüchsig war. Die beiden Burschen hatten dem Kleinen die Pudelmütze geklaut und warfen sie sich nun über dessen Kopf hinweg zu.

»Hey! Gib mir wieder«, rief der Kleine bettelnd.

»Der kann noch nicht mal richtig Deutsch!«, rief einer der Halbstarken und warf dem anderen die Mütze zu. Er trug einen nietenbesetzten Gürtel an der Jeans und eine schwarze Lederjacke, die er wahrscheinlich bei C&A geklaut hatte.

»Deine Schwester ist nich ganz dicht!«, rief der andere und warf die Mütze wieder zurück. »'n Polacken heiraten!«

Der Erste fing die Mütze. Er lehnte sich an einen Baum, reckte die Mütze mit ausgestrecktem Arm in die Luft und grölte: »Deutschland den Deutschen!«

Mit ein paar schnellen Schritten war Schimanski bei ihm. Er riss ihm die Mütze aus der Hand und packte ihn am Jackenkragen.

»Deutschland den Deutschen?«, schnauzte er. »Was wär 'n der Ruhrpott ohne Polacken, du Pisser!«

Der Junge starrte ihn in einer Mischung aus Überraschung, Trotz und Angst an.

»Aber wenn einer was gegen Abramczik oder Littbarski oder Okoński sagt, dann haut ihr ihm 'ne Flasche über den Schädel, was?«, schrie Schimanski ihm ins Gesicht. Der andere Bursche kam heran und versuchte seinem Kumpel zu helfen, aber Schimanski wehrte ihn mit der flachen Hand ab. »Haut bloß ab, ihr Wichser!« Er schubste die beiden vor sich her, so lange, bis sie anfingen zu laufen. »Sonst tret ich euch in euren deutschen Arsch!«, brüllte er ihnen noch hinterher. Die beiden rannten, ohne sich umzudrehen, bis sie um die Ecke und außer Sicht waren.

Schimanski nickte zufrieden und gab dem Kleinen seine Mütze zurück. Der Junge tat ihm leid. Er hatte eine verfrorene rote Nase und riesige abstehende Ohren, die ihm die nächsten Lebensjahre bestimmt nicht leicht machen würden. Er schien es zu ahnen, denn er zog sich die Mütze eilig bis tief über die Ohren.

»Wie heißt denn du?«, fragte Schimanski und kniff ihm freundschaftlich in die Wange.

»Philipp«, sagte der Junge und grinste schüchtern.

»Und weiter?«

»Koslowski.«

»Koslowski ...« Schimanski nickte verstehend. »Dann grüß mal deine schöne Mutter von mir«, sagte er und ging die Straße hinunter.

Suchend sah er sich um. Er brauchte einen Platz, von wo aus er unauffällig die Sakristeitür im Blick halten konnte. Viel Auswahl gab es nicht. Er entschied sich für den rot gekachelten Eingang eines aufgegebenen Ladenlokals, gute fünfzig Meter entfernt. Hier hockte er sich auf den schmalen Mauervorsprung neben der alten Glastür und wartete.

Ein paar Meter weiter führte ein Übergang über die Gleise, auf der früher die alte Stahlwerksbahn den Koks für die Hochöfen angeliefert hatte. Heute lagen die Schienen nur noch rostig im Weg rum.

Wie hieß dieser Pfarrer noch mal? Schimanski dachte angestrengt nach, aber der Name wollte ihm nicht einfallen.

Die Kälte kroch ihm die Beine hoch, und bald stand er auf, um sich ein wenig die Füße zu vertreten. Neben dem alten Laden war eine verrottete hölzerne Gartentür, die nur noch schief in den Angeln hing. Von hinter der Tür drang ein Maunzen zu ihm. Schimanski stupste die Tür auf und sah neugierig in den zugewucherten Garten hinein. Auf den brüchigen Platten, die einmal einen Weg gebildet hatten, saß eine schwarzweiße Katze. Neben ihr, schon ziemlich angefressen, lag ein kleiner toter Vogel. Die Katze sah ihn frech an, als fühle sie sich bei ihrer Mahlzeit gestört. Schimanski tat ihr den Gefallen und schloss die Gartentür wieder.

An der Kirche rührte sich nichts. Er rieb seine kalten Hände aneinander und pustete hinein, dann lehnte er sich neben die Ladentür, deren Scheibe urplötzlich mit lautem Krachen in Scherben ging.

Erschrocken fuhr er zusammen und sah sich um. Er hatte den Stein nicht kommen sehen, der nun in dem alten Laden lag. Wenn er einen halben Meter weiter rechts gelandet wäre, hätte Schimanski jetzt ein nicht unerhebliches Loch im Schädel.

Es dauerte nicht lange, bis er den Werfer entdeckte hatte, denn der versteckte sich nicht. Die beiden Halbstarken standen auf dem Bahnübergang und reckten ihm den Mittelfinger entgegen. Dann drehten sie sich um und spurteten die Gleise entlang davon.

Den Impuls, ihnen hinterherzurennen und die Eier lang zu ziehen, musste Schimanski allerdings unterdrücken, denn genau in diesem Moment stieg vor der

Kirche der Pfarrer auf ein Vélosolex und fuhr mit knatterndem Zweitakter los.

Schimanski setzte sich in Bewegung. Albernerweise fiel ihm gerade jetzt der Name des Mannes ein. Jus... Jus... Jus... Juskowiak hieß er. Eine Information, mit der er überhaupt nichts anfangen konnte, während er die Friedrich-Ebert-Straße in Richtung Süden entlangrannte. Er konnte mit dem Tempo des Mofas einigermaßen mithalten, die Frage war nur, für wie lange. Er versuchte, auf die andere Straßenseite zu gelangen, und wurde behindert durch den Korso eines Motorradclubs, der wild hupend seinen Weihnachtsausflug durch Duisburg machte.

Schimanski fluchte atemlos vor sich hin, während er sich im Slalom zwischen Motorradgespannen und Vesparollern hindurch auf die andere Straßenseite mogelte. Juskowiak musste an der Rheinstraße an der Ampel stehen bleiben, was Schimanski ein gutes Stück näher an ihn heranbrachte. Er warf einen Blick über die Schulter, aber wie immer, wenn man sie brauchte, waren weder Taxen noch Streifenwagen in Sicht. Dafür entdeckte er etwas anderes. Eine Straßenbahn der Linie 901 kam von hinten heran. Er rannte weiter und schaffte es, gleichzeitig mit der Bahn an der Haltestelle am Thyssen-Tor anzukommen. Die Tür ging auf, und er drängte sich zwischen den Aussteigenden in die Bahn hinein. Die Fahrerin sah ihn fragend an, und er hielt ihr seine Marke unter die Nase.

»Na zisch los! Gib Gas, Mann!«, sagte Schimanski, als die Ampel grün wurde. Zu seiner großen Erleichterung folgte Juskowiak brav den Gleisen.

In der Bahn war eine Gruppe kleiner Mädchen unterwegs, alle als Rauschgoldengel verkleidet. Sie vertrieben sich die Zeit mit dem Absingen alberner Lieder. Schimanski ignorierte sie, so gut es ging. Er stand neben der Fahrerin und starrte durch die Frontscheibe auf die Schienen, die sich abenteuerlich über schmale, kopfsteingepflasterte Straßen durch Ruhrort wanden.

»Leise rieselt die Vier – auf das Zeugnispapier«, sangen die Mädchen hinter ihm. Etwas zupfte an seiner Jacke.

»Was ist denn?«, fragte er ärgerlich und sah über die Schulter.

Ein Mädchen mit blonden Locken und weißem Kleid hielt ihm einen goldenen Plastikflügel hin.

»Können Sie mir bitte den Flügel anhängen?«, fragte sie treuherzig.

»Fünfen und Sechsen dazu – freue dich, sitzen bleibst du ...«, sangen ihre Freundinnen und brachen in gackerndes Gelächter aus.

Schimanski sah nach vorn. Eine Kreuzung war nicht in Sicht, und Juskowiak fuhr weiter vor ihnen her.

»Ja, komm«, sagte er zu dem Mädchen. »Dreh dich mal um ...« Er fummelte den Flügel in seine Halterung zurück und versuchte gleichzeitig den Pfarrer auf dem Solex im Auge zu behalten. Er schaffte es irgendwie. »So, gut, gut, gut«, sagte er und schob das Mädchen in Richtung der anderen. »Jetzt mach 'n Abflug.«

Juskowiak durchquerte den Hafen. Als er das Ende der Oberbürgermeister-Lehr-Brücke erreicht hatte, bog er ab.

»Mensch, halt die Karre an!«, rief Schimanski der Fahrerin zu. Die Bahn stoppte quietschend, und er sprang auf die Straße, sobald die Tür sich öffnete. Staunend beobachtet von acht lachenden Rauschgoldengeln rannte er dem Mofa hinterher.

Juskowiak fuhr einen schmalen Weg an den Bahngleisen entlang. Es ging leicht bergab, was sein Gefährt ein gutes Stück schneller machte. Nach wenigen Minuten begann Schimanskis Lunge zu brennen. Hundert Meter hielt er noch durch, dann musste er aufgeben. Auf die Knie gestützt rang er nach Luft. Als er wieder bei Kräften war, sah er sich um.

Er ahnte, wo Juskowiak hinwollte. Und er kannte eine Abkürzung. Er lief die Böschung hoch, über die sich auf niedrigen Stelzen eine mächtige Rohrleitung vom Ölhafen her entlangzog. Er kroch unter dem Rohr durch und stand nun oberhalb einer Schrebergartenkolonie. Hier hatte Moltke damals gehaust, in der Laube eines Arbeitskollegen. Gut möglich, dass er wieder dort untergeschlüpft war.

Als Schimanski den Eingang der Kolonie erreichte, kam ihm Juskowiak auf dem schmalen Weg entgegen, das Mofa neben sich herschiebend. Als er Schimanski sah, lachte er mit leisem Spott.

»Er ist nicht da«, sagte er. »Und Sie brauchen sich auch nicht weiter abzuhetzen. Ich fahre zurück zur Kirche.«

Damit stieg er auf das Solex, trat es an und fuhr davon.

Schimanski sah ihm nicht nach. Er ging den Weg zwischen den Gärten entlang und versuchte, sich zu erinnern, wo die Laube gewesen war. Er fand sie schneller, als er gedacht hatte. Ein großes hölzernes Schild mit einer eingeschnitzten polnischen Begrüßung hing über dem Tor. Als Schimanski es sah, erkannte er es sofort wieder. Hier hatten sie damals alles auf den Kopf gestellt, in der Hoffnung, irgendwelche Hinweise auf Brunos Mörder zu finden, aber es war vergeblich gewesen.

Schimanski stieß das Törchen auf und betrat den kleinen Garten, in dem offenbar jemand Gemüse anbaute. Auf dem Dach saß eine Taube und gurrte. Krähen kreisten heiser krächzend im grauen Winterhimmel. Die Sonne hatte bereits nach kurzem Kampf gegen die Wolken wieder aufgegeben.

Es hatte sich nicht viel geändert hier. Die Laube hatte eine leicht angerostete Blechtür, die mit einem billigen Vorhängeschloss an einem ebensolchen Beschlag gesichert war.

Schimanski besah sich das Schloss, dann packte er es fest und riss den Beschlag mit einem entschlossenen Ruck komplett aus seiner schwächlichen Verschraubung. Die Tür war auf.

Schimanskis trat ein. Es gab keinen Zweifel, dass dies Moltkes Versteck war, denn es gab einen Mitbewohner: Auf einer Stange hockte eine Dohle. Wahrscheinlich das Tier, das Moltke im Gefängnis gesund gepflegt hatte.

Der Vogel sah Schimanski neugierig und ruhig entgegen und scheute auch nicht, als er ihm mit der Hand sanft über den kleinen Kopf strich.

Schimanski sah sich um. Es gab nicht viel Einrichtung hier. Ein paar Bilder. Ein schmales Bett. Darüber hing ein hölzernes Bord an der Wand, darauf Kerzen, Heiligenbilder und ein Rosenkranz. Als Tisch diente ein riesiger altmodischer Schrankkoffer, der vor dem Bett stand. Ein paar dicke Bücher lagen darauf. Alle polnisch, aber die Bilder auf den Umschlägen ließen wenig Zweifel, dass es sich um religiöse Stoffe handelte. Auf einem war ein Porträt des polnischen Papstes.

Aber es waren nicht die Bücher, die Schimanski ins Auge sprangen. Vielmehr war es die Batterie Flaschen, die daneben auf dem Koffer stand.

Sieben Flaschen Danziger Goldwasser.

An jeder war ein kleiner Grußanhänger befestigt. Schimanski klappte den ersten auf.

»Schon ein Jahr, ich warte, dein Schimanski«, las er halblaut murmelnd. Er setzte sich auf das Bett.

»Schon drei Jahre, ich warte, dein Schimanski …«, hallte es in seinem Innern nach. Plötzlich bemerkte er, wie müde er war. Er hatte kaum geschlafen, seit Moltke wiederaufgetaucht war.

»Schon vier Jahre, ich warte, dein Schimanski …« Seine Gedanken drehten sich im Kreis. Er schloss die Augen und ließ sich nach hinten aufs Bett fallen. »Schon fünf Jahre, ich warte, dein Schimanski …«

Er hörte ein kräftiges Flattern, und die Dohle landete auf seiner Brust. Er blinzelte und streichelte dem Vogel das Gefieder. »Schon sechs Jahre, ich warte, dein Schimanski … Schon sieben Jahre … Schon acht Jahre, ich warte, dein Schimanski …«

Er hatte keine Ahnung, was ihn weckte, vielleicht hatte die Dohle eine Bewegung gemacht oder auch gekrächzt, vielleicht war es auch nur sein Instinkt gewesen. Er lauschte aufmerksam. Von draußen kam ein leises Knarren. Er sah zur Tür, und dort stand Gress. In den Händen eine großkalibrige Repetierflinte mit abgesägtem Lauf.

Sofort hechtete Schimanski aus dem Bett und über den Koffer hinweg. Der Schuss zerriss ihm fast das

Trommelfell, aber er fegte in das leere Bett, wo der Schrot Kissen und Matratze durchsiebte und Bettfedern in die Luft blies.

Schimanski nahm alle Kraft zusammen und stellte den Koffer hochkant hin. Die Flaschen polterten zu Boden. Der Koffer war verdammt schwer. Immerhin, denn das hieß, dass er mit etwas gefüllt war, das Schüsse wahrscheinlich abfangen konnte. Schimanski hockte eingequetscht zwischen der Deckung des Koffers und der Wand hinter sich. Er hörte das metallische Geräusch, mit dem Gress die Schrotflinte durchlud, und versuchte, seine Pistole zu ziehen, die hinten in seinem Gürtelholster steckte, aber er konnte sie nicht erreichen, ohne seine Deckung zumindest teilweise aufzugeben. Der nächste Schuss knallte in den Koffer, und er hielt tatsächlich.

Wieder lud Gress durch, und wieder schlug ein Schuss ein.

Gress lachte leise. Offenbar hatte er seinen Spaß an der Situation.

Schimanski kauerte hilflos hinter dem Koffer. Er konnte Gress' Schatten an der Wand sehen und dass er sich langsam näherte.

»Moltke …«, sagte Gress mit höhnischem Mitleid in der Stimme.

»Hier bin ich«, sagte plötzlich eine tiefe Stimme von der Tür her.

Schimanski lugte um den Koffer herum. In der Tür stand Moltke. Gress war herumgefahren und starrte ihn an. Dann wandte er den Kopf, um zu sehen, auf wen er eigentlich geschossen hatte. Schimanski richtete sich auf.

Moltke machte einen Schritt auf Gress zu, aber er

war nicht schnell genug. Gress riss das Gewehr hoch. Moltke versuchte, den Lauf zu packen, erwischte ihn aber nur halb. Der Schuss traf ihn in den Oberschenkel. Mit einem Stöhnen ging er zu Boden.

Gress ließ die Waffe fallen und stürmte aus der Tür. Schimanski zerrte seine Pistole hervor. Er überzeugte sich mit einem raschen Blick, dass Moltkes Verletzung nicht lebensbedrohlich war, dann rannte er hinaus.

Gress war schon durch das Tor. Schimanski folgte ihm auf den Weg hinaus und hob die Waffe.

»Bleib stehen!«, schrie er. Gress drehte nur kurz den Kopf und floh weiter in Richtung Straße. Schimanski zielte und drückte ab, aber der Schuss verfehlte Gress. Er bog um die Ecke und war außer Sicht.

»Scheiße!«

Schimanski spurtete los. Gress hatte mittlerweile den Hauptweg erreicht, dort, wo Schimanski eben den Pfarrer getroffen hatte. Wieder bog er ab, bevor Schimanski die Waffe oben hatte, diesmal nach links. Schimanski folgte ihm in knapp fünfzig Metern Abstand. Sie rannten auf das Maschengittertor des Haupteingangs zu.

Auf dem schmalen Parkstreifen hinter dem Tor stand ein schwarzer Golf GTI. Der Motor wurde angelassen, sobald sie um die Ecke gebogen kamen.

»Schieß ihn ab!«, schrie Gress atemlos, während er auf den Wagen zurannte. »Schieß ihn ab!«

Schimanski sah, wie die Seitenscheibe heruntergekurbelt wurde. Dann erschien eine schwarz behandschuhte Hand mit einem schweren Revolver. Er zielte in seine Richtung.

Schimanski bremste heftig ab und sprang zur Seite in die zweifelhafte Deckung eines Laubeneingangs.

Der Revolver feuerte, und Gress blieb stehen, als sei er gegen eine Wand geprallt. Schimanski wagte einen Blick aus seiner Deckung. Gress schleppte sich weiter in Richtung Tor. Als er es erreicht hatte, feuerte der Mann im Wagen einen zweiten Schuss ab. Gress kippte nach hinten, langsam und gerade wie ein Baum, dem die Motorsäge den Stamm durchtrennt hat.

Der Motor des Golf heulte auf, die Vorderräder drehten auf der Asche des Parkstreifens durch und schleuderten Dreck hoch.

Schimanski hob die Pistole und feuerte, sein Schuss schlug in das Heck des Wagens, aber es hielt ihn nicht auf. Der Golf raste auf die Straße hinaus und war aus dem Blickfeld verschwunden, bevor Schimanski eine zweite Kugel hatte anbringen können.

Er lief zu Gress hinüber, der flach auf dem Rücken im nassen Gras lag. Der teure braune Mantel war an der Seite durch einen großen Blutfleck verunstaltet, und in Gress' Stirn klaffte ein rotes Loch. Seine Augen starrten verwundert in den grauen Duisburger Winterhimmel.

Schimanski hielt sich nicht weiter auf, hier war nichts mehr zu unternehmen. So schnell er konnte, rannte er zurück zu Moltkes Laube. Aber er kam zu spät.

Die Schrotflinte lag noch auf dem Boden der Laube, und die Dohle sah ihn fragend an. Aber Zbigniew Pawlak war verschwunden. Nur eine Blutspur hatte er zurückgelassen, die sich den Weg entlang- und die Böschung zur Pipeline hochzog und dort verloren ging.

***

»Wo bist du?«, fragte Hänschen.

»Noch bei den Laubenpiepern, in der Telefonzelle«, antwortete Schimanski. »Die Kollegen räumen grad den Gress hier aus dem Weg.«

»Wir haben bis jetzt nichts Neues hier«, sagte Hänschen.

»Dann sieh zu, dass ihr endlich diesen gottverdammten schwarzen Golf findet, Mensch!«, sagte Schimanski. »Was macht denn eigentlich dieser, na, wie heißt er denn noch, der Sülzkopp …«

»Schröder«, sagte Hänschen. »Nein, der ist sauber. War den ganzen Tag über im Club. Dafür gibt's Zeugen.«

»Was hat der eigentlich damals gemacht, bei dem Überfall? Hat der 'n Alibi?«, fragte Schimanski.

»Ja … November '78?« Hänschen wühlte in dem Aktenstapel auf seinem Schreibtisch herum. »Moment, Moment … Da war er Masseur oder so was.« Er fand den Aktendeckel und schlug ihn auf. »Ja, Masseur beim MSV. An dem Tag haben die 1:2 in Kaiserslautern verloren. Wasserdichter geht's nicht … Bleibt wieder nur Moltke«, sagte er mit leisem Bedauern.

Die Bürotür öffnete sich, und Thanner kam herein. Hänschen bemühte sich, so unbefangen wie möglich zu gucken, aber der Herr Ermittlungsleiter kam mit misstrauischer Miene zu seinem Schreibtisch und schaltete mit einem Fingerdruck den Telefonlautsprecher an.

»Moltke hat sich wahrscheinlich bei diesem Pfarrer verkrochen«, sagte Schimanski gerade, »bei diesem Juskowiak. Ich düs da schnell mal rüber. Ach, und Hänschen, du, behalt das bitte für dich.«

Hänschen öffnete den Mund, aber nach einem Seitenblick auf Thanner schloss er ihn wieder.

»Wenn Thanner davon erfährt, dann rückt er doch gleich wieder mit zehn Mann von der Trachtengruppe an, und dann ist wieder Schweigen im Wald«, sagte Schimanski eindringlich. »Also bitte, Hänschen: Schnauze. *Bitte*: Schnauze. Tschüss.«

Er hängte auf.

»Ja …« Hänschen spitzte den Mund und legte den Hörer bedächtig wieder auf die Gabel. »Schön …«, sagte er, nahm angelegentlich seinen Bleistift und griff nach der nächsten Akte.

Thanner blieb ruhig neben ihm stehen. »Hast ja gehört«, sagte er.

»Ja«, sagte Hänschen und beugte sich über seine Arbeit.

»Zehn«, sagte Thanner. »Besser zwölf. Und *du* kommst natürlich auch mit.«

»Ja, ja«, sagte Hänschen und schrieb mit gesenktem Kopf weiter.

Thanner sah ihm einen Moment ungläubig zu. »Was ist jetzt?«, bellte er dann.

Hänschen blickte leicht irritiert auf. »Hm?«, fragte er.

»Ruf in der Bereitschaft an! *Schiet op!*«, keifte Thanner.

Hänschen nickte, als habe er gerade eben erst verstanden, was man von ihm wollte. *»Tuurlijk, tuurlijk …«*, sagte er und begann, unter den Akten nach dem Verzeichnis mit den dienstlichen Telefonnummern zu wühlen.

»Drei drei eins fünf«, sagte Thanner mühsam beherrscht.

»Hm?« Hänschen unterbrach seine Suche und sah ihn verständnislos an.

»Dreiunddreißig fünfzehn!«, zischte Thanner.

»Ah ja.« Hänschen suchte nach einem Stück Papier und kritzelte umständlich die Nummer darauf. »Dreiunddreißig fünfzehn!«

Thanner warf ihm noch einen wütenden Blick zu, dann stürmte er aus dem Büro.

ACHT

Schimanski riss die schwere Tür der Kirche auf. Direkt am Eingang stand ein großes steinernes Weihwasserbecken. An seinem Rand schimmerten dunkle Flecken. Schimanski fuhr prüfend mit dem Finger darüber. Es war frisches Blut.

»Moltke!«, brüllte er in die Kirche hinein.

Sie war leer bis auf eine kleine alte Dame, die in einer der ersten Reihen saß und erschrocken zu ihm herumfuhr. Als er den Mittelgang entlang an ihr vorbei in Richtung Sakristei stürmte, stand sie hastig auf, schlug schnell ein Kreuz zum Altar hin und beeilte sich hinaus.

Die Sakristei war nach wie vor bevölkert von den Koslowskis und ihrer Hochzeitsgesellschaft. Jemand spielte auf einem Harmonium. Schimanski ignorierte die feindseligen Blicke, die ihn trafen, als er den Raum betrat. Pfarrer Juskowiak stand aufgeregt flüsternd mit Koslowski zusammen. Als die beiden ihn bemerkten, verstummten sie und sahen ihm in einer Mischung aus Misstrauen und Angst entgegen.

»Wo isser?«, fragte Schimanski. »Wo ist Moltke?«

»Er ist verletzt«, antwortete Juskowiak leise.

»Das weiß ich!«, sagte Schimanski, ohne seine Lautstärke zu dämpfen.

Juskowiak winkte ihn hinter sich her. Auch Koslowski wollte folgen, aber nach einem Blick Schimanskis zog er es vor, zu bleiben, wo er war.

»Er hat mich gebeten, ihm die Beichte abzunehmen«, flüsterte der Pfarrer.

»Was hat er gesagt?«, fragte Schimanski.

Juskowiak schüttelte ärgerlich den Kopf und wies zu einer Tür. Sie drängten sich durch die Feiernden. Juskowiak öffnete die Tür, und Schimanski folgte ihm in den Vorraum der Sakristei.

»Was hat er gesagt?«, wiederholte er ungeduldig, sobald sich die Tür hinter ihnen geschlossen hatte.

Juskowiak hob bittend beide Hände. »Schimanski, es gibt so was wie ein Beichtgeheimnis«, sagte er.

»Ach?« Schimanskis Brauen hoben sich. »Wollen Sie damit sagen, Sie wissen jetzt, wer der Täter war?«

Der Pfarrer wich seinem Blick nicht aus, aber er blieb stumm.

»Herr Pfarrer. Sie müssen jetzt reden!«, sagte Schimanski drängend. »Wirklich!«

»Ich darf nicht«, antwortete Juskowiak nur und sah ihn starr an.

Schimanski ließ genervt die Schultern sinken und blickte zur Decke.

»Also, bis jetzt hat Ihr Schützling noch Glück gehabt«, sagte er. »Aber beim nächsten Mal ist er dran.«

Juskowiak schwieg weiter.

Schimanski trat dicht an den kleinen Pfarrer heran und beugte sich zu ihm hinunter. »Ich hab den Typen erkannt, der auf Moltke geschossen hat«, sagte er mit erhobener Stimme. »Und nur deshalb hat sein Komplize ihn eiskalt hingerichtet.«

Juskowiak senkte den Blick. Er schloss die Arme um sich, als fröstele es ihn.

Schimanski ließ nicht locker. »Erinnert Sie das nicht an was? Ja, wollen Sie, dass es noch mehr Tote gibt?«

Endlich nickte der Pfarrer resigniert.

»Warten Sie drüben in der Kirche«, sagte er. Langsam, als fielen ihm die Schritte schwer, ging er auf eine andere Tür zu und legte die Hand auf die schwere Klinke. Dann drehte er sich noch einmal zu Schimanski um. »Sind Sie allein?«, fragte er eindringlich.

»Ja, natürlich bin ich allein«, sagte Schimanski heftig. »Das sehn Sie doch!«

Juskowiak blieb an der Tür stehen. Sein Blick war misstrauisch.

»Herr Pfarrer …«, Schimanski hob die Hände und breitete die Arme aus, »Sie können mir vertrauen«, sagte er. »Wirklich.«

Juskowiak nickte zweifelnd, dann öffnete er die Tür und ließ Schimanski in dem Vorraum allein.

***

Es hatte endlos gedauert, bis sich bei der Auskunft jemand gemeldet hatte, und jetzt suchte das Fräulein schon seit einer gefühlten Ewigkeit nach der Nummer. Hänschen sah immer wieder nervös zur Bürotür.

»Meinten Sie vielleicht die Pfarrgemeinde St. Ewaldi?«, fragte das Fräulein vom Amt. »Die ist in Laar.«

»Laarer Kirche. Genau die ist es.« Hänschen nickte heftig und notierte die Nummer. »Sechs vier sechs vier acht null … Danke!«

Er drückte kurz auf die Gabel und begann, die Nummer zu tippen, als die Bürotür aufgestoßen wurde und Thanner hereingeschossen kam. Er trug seinen dunklen Wintermantel mit dem bordeauxroten Schal. Seine Chef-Verkleidung, wie Hänschen das für sich nannte.

»Was ist denn jetzt?«, bellte Thanner. »Brauchst du ‘ne Extra-Einladung oder was? Wir rücken ab!«

»Ich komm ja schon«, sagte Hänschen mit einer beschwichtigenden Geste, und Thanner stürmte wieder hinaus auf den Gang.

»So, meine Herren …«, hörte Hänschen ihn noch sagen. Dann hob er den Hörer wieder ab und wählte hastig die Nummer der Laarer Kirche.

***

Das alte, schwere Bakelittelefon der Sakristei, das unter einem Ölporträt von Johannes Paul II. auf einem Beistelltisch stand, klingelte durchdringend. Es war der Bräutigam, Koslowskis zukünftiger Schwiegersohn, der abnahm.

»Ich muss sofort Schimanski sprechen«, hörte er jemanden sagen. »Es ist dringend.«

Er beschloss, sich an seinem Hochzeitstag nicht über unhöfliche Anrufer zu ärgern, die nicht einmal ihren Namen nannten.

»Schimanski!«, rief er in den Raum, und Artur, ein blonder junger Mann, der irgendwie mit einem Vetter einer Schwägerin seiner Braut bekannt war, trat zu ihm. Er drückte ihm den Hörer in die Hand.

Artur hielt ihn ans Ohr. »Ja?«, sagte er.

»Horst!«, sagte eine Stimme am anderen Ende. »Thanner hat alles mitgehört, wir sind in zehn Minuten da!«

Dann klackte es, und die Leitung war unterbrochen.

Schimanski legte auf.

»Und?«, fragte der Bräutigam auf Polnisch. »War es wirklich so dringend?«

»Keine Ahnung«, antwortete Artur Schimanski. »Es klang irgendwie holländisch.«

***

Pfarrer Juskowiak musste Moltke geradezu hinter sich herziehen. Ob wegen Moltkes Verletzung oder weil er nicht wollte, war schwer zu sagen. Immerhin war er da. Er stand neben dem Altar, schweigend, aufrecht, trotz der Schussverletzung im Oberschenkel. In der Hand trug er einen Mullstreifen.

Jemand hatte seine Hose aufgeschnitten; die Reste baumelten an seinem Bein herab. Ein ordentlicher Verband schützte die Wunde über dem Knie. In der Mitte seiner Stirn prangte immer noch der Fleck, den er sich mit blutigen Fingern beim Schlagen des Kreuzzeichens dorthin getupft hatte.

Schimanski wies auf die Altarstufen, und Moltke nickte. Er humpelte hin und ließ sich mit einem unterdrückten Ächzen darauf nieder. Dann begann er, die aufgeschnittene Hose mit dem Mullstreifen so festzubinden, dass sie ihn nicht behinderte.

Schimanski ging neben ihm in die Hocke.

»Also«, sagte er. »Wer ist der Dritte?«

Moltke sah nicht von seiner Beschäftigung auf.

»Der ist meiner«, sagte er. »Er gehört mir.«

»Nein«, antwortete Schimanski. »Er gehört mir.«

Moltke grinste nur.

»Ohne mich kriegst du ihn nicht«, sagte Schimanski.

»Und du nicht ohne mich«, erhielt er zur Antwort.

Schimanski richtete sich auf. Er zog sein Taschentuch aus der Jacke und wischte damit an dem Blutfleck auf Moltkes Stirn herum. Ärgerlich nahm Moltke ihm das Tuch aus den Händen, spuckte hinein und wischte sich den Rest des Blutes ab.

Juskowiak, der an der Tür stehen geblieben war, trat zu ihnen. Er sah Moltke eindringlich an.

»Gib auf, Zbigniew«, sagte er. »Er ist auf deiner Seite.«

Moltke antwortete knapp auf Polnisch, und der Pfarrer runzelte missbilligend die Stirn.

»Mein ist die Rache, sagt der Herr«, sagte er.

Moltke senkte den Blick und presste die Lippen aufeinander. Er schwieg. Schimanski hätte nicht darauf gewettet, dass sein Gehorsam gegenüber der Kirche weit genug ging, den Mörder seines Bruders am Leben zu lassen.

Plötzlich flog lautstark die Eingangstür der Kirche auf. Schwere Schritte polterten über die steinernen Platten des Kirchenbodens.

Schimanski fuhr herum. Im Mittelgang der Kirche stand Thanner, die Dienstwaffe in den gehobenen Händen.

»Pawlak! Sie sind festgenommen!«, rief er. Seine Stimme hallte unnatürlich laut durch das Kirchenschiff.

Hinten am Eingang standen drei uniformierte Polizisten. Neben Thanner, ein bisschen hinter ihm, stand Hänschen und machte hilflose Gesten in Schimanskis Richtung.

Moltke versuchte aufzustehen, aber Schimanski drückte ihn wieder auf die Altarstufe zurück und stellte sich schützend vor ihn.

»Thanner, hau ab!«, rief er. »Mach, dass du rauskommst! Du, ich … ich hab hier alles unter Kontrolle.«

Thanner stand reglos mit gehobener Waffe da. Er sah an Schimanski vorbei auf Moltke.

Juskowiak trat zu Schimanski. »Warum hab ich Ihnen bloß vertraut?«, fragte er mit einem hoffnungslosen Kopfschütteln. Dann stieg er die Altartreppe hinunter und ging entschlossen auf Thanner zu. Dicht vor ihm blieb er stehen und sah ihm direkt in die Augen.

»Dies hier ist ein Gotteshaus«, sagte er entschieden. »Wie *wagen* Sie es, hier mit einer Waffe einzudringen?«

Thanner schluckte, dann senkte er seine PPK langsam und steckte sie vorn in sein Gürtelhalfter. Aber Juskowiak war damit nicht zufrieden. Mit einem entschlossenen Griff zog er die Waffe aus Thanners Gürtel und reichte sie an Hänschen weiter, der einigermaßen ratlos auf die Pistole in seinen Händen blickte.

»Gehen Sie«, sagte Juskowiak zu ihm.

Hänschen sah fragend zu Thanner. Der winkte ihn in Richtung Tür.

»Ja, bitte«, sagte er mit beleidigtem Unterton. »Ist *mein* Fall. Geh.«

Hänschen zog in Richtung Schimanski noch einmal entschuldigend den Kopf zwischen die Schultern, dann schlich er rückwärts in Richtung Ausgang zurück. Als er die Beamten dort erreichte, winkte er sie hinter sich her aus der Tür.

Thanner ging langsam auf den Altar zu und setzte sich dann in eine der vorderen Bänke. Er legte die gefalteten Hände auf die Bank vor sich.

»Sie kommen hier nicht raus, Pawlak«, sagte er und sah Schimanski herausfordernd an. »Die Kirche ist umstellt.«

Moltke erhob sich und wollte auf Thanner los, aber Schimanski drängte ihn zurück. »Du bleibst hier, du bleibst hier.« Er hatte Mühe, den Koloss in Schach zu halten. »*Ich* bring die Sache zu Ende. Und zwar jetzt!«, sagte er zu Thanner.

Moltke blieb nur widerwillig an seinem Platz. Sein Blick war starr auf Thanner gerichtet, in seinen Augen funkelte es wütend.

Thanner schüttelte nachsichtig den Kopf. »Du bringst hier nichts zu Ende«, sagte er. »*Du* nicht. Pawlak steht unter Mordverdacht, und ich habe den Auftrag, ihn festzunehmen. Und genau das werde ich jetzt tun.«

Schimanski sah ihn verständnislos an. »Mordverdacht? Aber, mein Gott, er hat ... er hat doch niemanden *umgebracht*!«, stammelte er.

Thanner zuckte gelangweilt die Achseln. »Interessiert mich nicht«, sagte er kühl. »Das haben andere zu entscheiden.«

»Du bist so ein ...«, Schimanski schüttelte den Kopf und suchte nach Worten, »... ein hirnlastiger Beamtenarsch bist du!«

Thanner kniff die Lippen zusammen und sah kurz zur Seite. Auch wenn er es nicht schaffte, die Beschimpfung Schimanskis völlig an sich abperlen zu lassen, so gab er doch nicht nach.

»Du hast dich selber ins Abseits manövriert, Horst«, sagte er unbewegt. »Ich hab mich um diesen Fall nicht gerissen. Aber bitte: Du kannst ihn gerne wiederhaben.« Er lehnte sich entspannt auf der Bank zurück und grinste Schimanski spöttisch an. »Ja«, sagte er mit einer großzügigen Geste. »Ruf Königsberg an. Der freut sich sicher. Familie Cantz ist bei ihm zu Besuch.

Vermutlich versucht er, gutes Wetter für dich zu machen.«

Moltke machte eine heftige Bewegung und versuchte Schimanski von sich zu stoßen, aber Schimanski gelang es, ihn wieder zu packen und festzuhalten. Ihm war klar, dass ihm das mit einem unverletzten Pawlak nicht gelungen wäre. Langsam beruhigte der Pole sich wieder.

»Du verstehst überhaupt nicht, worum es geht, Horst«, fuhr Thanner fort, unbeeindruckt von Moltkes Ausbruch. »Es geht um deinen *Kopf*.«

Schimanski sah Thanner lange an. Der Ausdruck seiner hellblauen Augen wechselte langsam von wütend zu melancholisch und weiter zu hoffnungslos.

»Thanner ...«, sagte er leise. »Christian ... bitte.«

»Spar dir das«, sagte Thanner ungerührt. Er warf einen Blick auf seine Armbanduhr. »Zwei Minuten. Wenn er in zwei Minuten nicht draußen ist, hol ich ihn. Eigenhändig.«

Damit stand er auf und marschierte zum Ausgang. »Zwei Minuten«, sagte er noch einmal und hob zur Bekräftigung zwei Finger in die Luft, als ob er das Victory-Zeichen mache.

Dann war er aus der Tür.

Moltke sah ihm nicht nach. Er stand neben einer der Marmorsäulen des Altars. Sein Körper bewegte sich pendelnd hin und her wie der eines eingekreisten Raubtiers, dem nichts bleibt als eine letzte, verzweifelte Attacke auf seine Angreifer.

Pfarrer Juskowiak trat zu ihm und legte ihm die Hand auf den Unterarm.

»Zbigniew, sei vernünftig«, sagte er beschwörend. »Du kommst hier nicht raus.«

Moltke drehte sich zu der Säule und presste die Stirn gegen den kalten Stein. So blieb er stehen.

Schimanski starrte den Rücken des Hünen an. Er hatte überhaupt keinen Zweifel daran, dass es in Zbigniew Pawlak brodelte und kochte und dass er sich auf keinen Fall einfach so Thanner ergeben würde, nur weil der irgendein sinnloses, ungerechtes deutsches Stück Papier in den Händen hatte.

Moltke würde kämpfen.

Schimanski nickte entschlossen. Dann trat er neben ihn. »Du hast es gehört: Das Spiel ist verloren«, sagte er und zog seine Waffe. »Es ist zu Ende.«

***

Thanner stand mit Hänschen neben einem der Streifenwagen vor dem Kirchentor. Mittlerweile waren sie von mindestens zwei Dutzend Schaulustigen umgeben, die einen dicht gedrängten Halbkreis um die Wagen bildeten. Die ganze Nachbarschaft war auf den Beinen. Jedes Geschlecht und Alter war vertreten und jede Nationalität. Vokuhilas und Türkenschnäuzer standen einträchtig nebeneinander. Der Polizeieinsatz bildete wahrscheinlich einen spektakulären Jahreshöhepunkt in Laar, wo außer den Demos gegen die Hüttenschließungen nur noch wenig los war. Man konnte ja nicht immer zum Autocross nach Baarlo fahren.

Thanner sah auf die Uhr. Plötzlich gab es ein Gedränge zwischen den Gaffern.

»Lassen Sie mich durch!«, rief eine Frauenstimme. »Bitte!«

Die Menschen in der ersten Reihe wichen nur widerwillig auseinander, als Ariane sich zwischen ihnen hindurchzwängte. Sie stürmte auf Thanner zu.

»Ja, was machst du denn hier?«, fragte Thanner verblüfft und fasste sie beruhigend an den Oberarmen.

»Bitte tu ihm nichts«, keuchte Ariane, noch völlig außer Atem. Offenbar war sie gerannt.

»Nein«, sagte Thanner sanft. »Mach dir keine Sorgen ...«

»Wenn dem jetzt auch noch was passiert ...« Sie sah angstvoll zum Kirchenportal hinüber und zog die Nase hoch. Tränen traten in ihre Augen.

»Nein, nein. Mach dir keine Sorgen«, wiederholte Thanner und tätschelte ihr die Schulter. Dann winkte er einen der Schupos heran. »Kollege«, sagte er und schob ihm Ariane in die Arme. »Kümmern Sie sich mal um sie ...«

Der Polizist geleitete sie zu einem der Streifenwagen und ließ sie auf dem Rücksitz Platz nehmen. Thanner sah wieder auf seine Armbanduhr.

»So. Die zwei Minuten sind um«, sagte er und ging zu dem vordersten der Streifenwagen. Durch die offene Fahrertür zog er das Mikrofon an seinem schwarzen Spiralkabel nach draußen.

Hänschen stand hinter ihm und starrte nervös zur Kirchentür. Langsam, als sei es ihm unangenehm, führte Thanner das Mikro zum Mund und drückte die Sprechtaste.

»Pawlak!«, rief er dann. »Pawlak, kommen Sie raus! Die Zeit ist um.« Seine Stimme quäkte verzerrt und übersteuert aus dem Lautsprecherkasten unter dem Blaulicht des Passats.

Die uniformierten Polizisten waren in Deckung

gegangen. Sie hockten hinter Mauerecken und Streifenwagen und zielten mit ihren Pistolen auf die Tür. Alle Blicke waren auf die Tür der Kirche gerichtet. Niemand bemerkte den schwarzen Golf GTI mit Duisburger Kennzeichen, der langsam herangerollt kam und direkt gegenüber der Kirche anhielt. Der Motor lief leise grollend im Leerlauf.

Am Kirchenportal passierte für eine ganze Weile nichts. Thanner wollte gerade seine Aufforderung wiederholen, da wurde die schwere Klinke herabgedrückt, und die große Holztür öffnete sich einen Spalt weit.

Als Erster erschien Schimanski. Er streckte den Kopf heraus und warf einen nervösen Blick ins Rund. Als er Thanner entdeckte, sah er ihn warnend an. Thanner runzelte die Stirn, ließ das Mikrofon sinken und tauschte einen schnellen skeptischen Blick mit Hänschen.

Nun stieß Schimanski die Tür weiter auf und trat heraus. Dann hob er die Hände.

Thanner öffnete verdutzt den Mund. Hinter Schimanski tauchte zunächst nur eine Hand auf. Aber die Hand hielt eine Pistole, die auf Schimanskis Kopf gerichtet war.

Ein Raunen ging durch die Schaulustigen. Eine echte Geiselnahme war deutlich mehr, als man sich hatte erhoffen dürfen.

Nun erschien Pawlak. Er schob Schimanski vor sich her. Nur mühsam humpelte er die Kirchentreppe herunter, aber der Lauf der Pistole blieb beständig auf Schimanski gerichtet.

Thanner breitete in einer beschwichtigenden Geste die Arme aus und wich langsam zurück. Er hoffte, dass nicht einer der Kollegen auf die Idee kam, jetzt den Bruce Willis zu geben.

Pawlak schubste Schimanski vor sich her auf den ersten Streifenwagen zu.

Plötzlich tauchte Ariane auf. »Zbigniew!«, rief sie, aber sie klang unsicher, und auch sie wagte sich nicht näher als ein paar Meter an ihren Schwager heran. »Zbigniew, gib auf!«, flehte sie.

Aber Pawlak wandte nicht einmal den Kopf. Ungerührt stieß er Schimanski weiter. Thanner war vor dem Streifenwagen stehen geblieben.

»Komm, hau ab da«, sagte Schimanski und zeigte auf den Passat. »Ich will den Wagen, ja?«

»Den?« Thanner nickte eifrig. Mit ein paar schnellen Schritten rückwärts gab er den Weg frei. Er öffnete beide Türen an der Fahrerseite und zog sich dann zum Heck des Wagens zurück.

»Und keinerlei Verfolgung. Und Funkstille!«, rief Schimanski ihm noch zu, dann schubste Pawlak ihn auf den Fahrersitz. Er zielte weiter ununterbrochen auf ihn, während er sich auf den Rücksitz setzte und mühsam das verletzte Bein hinter sich her in den Wagen zog. Dann drückte er die Mündung der Waffe hinter Schimanskis Ohr.

Schimanski ließ den Motor an. Thanner machte einen Schritt nach vorn und warf Pawlaks Tür zu. Dann scheuchte er die Schaulustigen auseinander, die die Ausfahrt zur Straße blockierten.

»Weg hier!«, brüllte er. »Weg! Weg, weg, weg, weg!«

Schimanski stieß im Rückwärtsgang auf die Straße hinaus, warf das Heck des Wagens herum und beschleunigte dann mit Vollgas in Richtung Norden.

Thanner holte einmal tief Luft, dann rannte er zu

dem VW-Bulli, in dem die Einsatzleitung untergebracht war.

***

Mit Blaulicht und Martinshorn jagte Schimanski den Passat zwischen der Zeche und dem Gastanklager hindurch. Die Straße lag weihnachtlich leer im diffusen Licht des grauen Wintertages. An einem Werktag wären hier Dutzende Lkw unterwegs gewesen.

»Nu is gut«, sagte Schimanski, der den Wagen mit der linken Hand steuerte. Mit der rechten griff er den Lauf seiner Dienstwaffe, der immer noch auf sein Ohr zielte, und nahm Moltke die Pistole aus der Hand. Dann fingerte er das Magazin aus der Innentasche seiner Jacke, drückte es an seinen Platz im Griff der Walther und steckte die Waffe zurück in sein Gürtelholster.

»Hast du gesehn, wie man so was macht?«, fragte er.

»Auf dich sie hätten sowieso nicht geschossen«, sagte Moltke. Seine Stimme war angestrengt; Schimanski konnte hören, wie er gegen den Schmerz ankämpfte.

»Na ja, ich bin nun mal der Bulle hier«, entgegnete er und grinste halb in den Rückspiegel. »Aber jetzt bist *du* dran. Denk an unsere Abmachung. Also, wo soll ich hinfahren?«

Moltke wischte sich mit dem Handrücken den Schweiß von der Stirn. »Wer ist Königsberg?«, fragte er statt einer Antwort.

»Königsberg?« Schimanski sah über die Schulter. »Königsberg ist der Boss. Mein Vorgesetzter.«

Moltke keuchte und verzog das Gesicht. »Bring mich zu ihm«, sagte er.

Schimanski sah ihn verständnislos im Rückspiegel an. »Was solln das jetzt werden?«

»Bring mich zu ihm!«, antwortete Moltke nur.

Schimanski sah wieder über die Schulter. »Aber, Mensch, wir ham doch abgemacht –«

»Ich weiß«, fiel Moltke ihm ins Wort. Aber eine Erklärung blieb er schuldig.

»Na gut«, murmelte Schimanski. Er bremste scharf, bog mit quietschenden Reifen rechts ab und gab wieder Vollgas.

»Aber bei Königsberg, da wirste reden, versprochen?«, rief er nach hinten.

»Schneller fahren«, war alles, was Moltke dazu zu sagen hatte.

***

»Dann mach 'n anderen Kanal frei, verdammt noch mal!«, brüllte Thanner wütend in das Funkgerät. »Scharfschützen in Bereitschaft!«

Ärgerlich hängte er das Mikro wieder in seine Halterung. Plötzlich tippte Hänschen ihn an.

»Thanner«, sagte er und wies aus dem Seitenfenster des Bullis. »Da ist unser Phantombild …«

Thanners Blick folgte Hänschens Zeigefinger. Auf der Straße vor der Kirche rang Ariane Pawlak mit einem Mann. So schnell es die beengten Verhältnisse zuließen, kletterte Thanner aus dem Transporter.

»Christian!«, kreischte Ariane.

»Ariane?«, antwortete Thanner und versuchte, die Situation zu erfassen.

Der Mann hatte sie am Ärmel ihrer rot-schwarzen Teddyjacke zu fassen bekommen und zog sie zu sich heran, aber es gelang ihr, sich zu befreien, indem sie die Jacke einfach abstreifte und in Richtung Thanner lief. Der Mann folgte ihr und versuchte erneut, sie zu packen. Er hatte glatte, künstlich blonde Haare, die hinten lang und vorne kurz und hoch waren, und trug eine mit modischen Aufnähern gepflasterte Pilotenjacke und eine große, dunkle Sonnenbrille. Auf unangenehme Art erinnerte er Thanner an irgendjemanden, aber es fiel ihm gerade nicht ein, an wen.

Ariane hatte ihn erreicht und stellte sich Schutz suchend hinter seinen Rücken. Der Mann stürmte ungebremst auf ihn zu und packte ihn am Knoten seines bordeauxroten Kaschmirschals.

»Schwein, du!«, brüllte er. »Wir wollten heiraten!«

»Hä?«, wollte Thanner eigentlich antworten, aber da kam bereits eine Faust auf ihn zugeflogen und traf ihn am Kinn.

***

Schimanski half Moltke beim Aussteigen. Blut hatte den Verband über seinem Knie getränkt und lief in einem breiten Streifen in den schweren Arbeitsstiefel. Aber Moltkes Miene war beherrscht und entschlossen. Als Schimanski ihn stützen wollte, stieß er seinen Arm beiseite. Er humpelte neben ihm her auf das noble Apartmenthaus zu, in dem Königsberg gerade seinen vornehmen Weihnachtsbesuch umsorgte.

Schimanski betrat die Halle, steuerte zielstrebig auf den Lift zu und drückte auf die Taste. Nach wenigen Sekunden glitt die Edelstahltür zur Seite.

Schimanski betrat den Aufzug. Er drückte auf den Knopf zum siebten Stock und lehnte sich dann an die Wand der Kabine.

Moltke kam herein und stellte sich ihm gegenüber, aber sein Mantel hing noch in der Lichtschranke der Tür.

»Na komm rein«, sagte Schimanski und wollte ihn am Arm weiter in den Lift ziehen. Aber Moltke rührte sich nicht.

»Tut mir leid«, sagte er.

Dann packte er Schimanski. Mit unwiderstehlicher Kraft zog er ihn zu sich heran und knallte ihn dann mit aller Gewalt wieder gegen die Wand des Aufzuges.

Schimanskis Kopf wurde nach hinten geschleudert und prallte auf den Stahl; vor seinen Augen explodierten Sterne. Seine Knie gaben nach, und er sackte in sich zusammen.

Moltke bückte sich und zog die Walther aus Schimanskis Holster. Dann riss er ihn hoch und warf ihn mit solcher Kraft aus dem Lift, dass Schimanski wie ein nasser Sack über den Fliesenboden der Halle bis zur gegenüberliegenden Wand rutschte.

»Der gehört mir«, sagte er, als die Lifttür zuglitt.

Aber das hörte Schimanski nicht. Ausgeknockt lag er auf dem harten Boden und rührte sich für eine Weile nicht mehr.

***

Erika Königsberg sah mit der besorgten Miene der bemühten Gastgeberin über den Tisch. Weder Dekoration noch Versorgungslage gaben Anlass zur Klage, aber das Thema, das ihr Gatte gerade angeschnitten hatte, behagte ihr ganz und gar nicht, schon gar nicht zu Weihnachten.

»In China gibt es Spezialisten auf einem bestimmten Gebiet des Okkulten, der sogenannten Geomantie«, erklärte Königsberg in diesem Moment seinen Gästen und reichte dabei den Zigarrenbehälter aus massivem Silber bei den Herren herum. »Diese Experten haben die Aufgabe, das Grab eines Toten so auszurichten, dass dieser ohne Schwierigkeiten ins Jenseits gelangen kann.«

»Davon verstehst du ein bisschen mehr als wir.« Cantz senior griff dankbar nach einer der in Metallhülsen steckenden Brasilzigarren. Der Junior lehnte ab, wie Erika erleichtert feststellte. Sie war dankbar für jede Zigarre, die in ihrem Wohnzimmer nicht geraucht wurde.

Die junge Frau Cantz lächelte ihr verständnisvoll zu. Erika fand sie ganz bezaubernd, wenn auch der Schlitz in ihrem flaschengrünen Satinkleid für ihren Geschmack ein wenig zu hoch war. Ihr kleiner Sohn saß auf dem Schoß des Großvaters – der ja leider seit zwei Jahren verwitwet war, was Erika Königsberg sehr bedauerte, denn Gertrud Cantz war eine ganz entzückende Dame gewesen.

»Komm, jetzt fahr mal ab«, sagte Cantz senior und scheuchte den Enkel mit einem freundschaftlichen Klaps von seinem Schoß. Der Junge lief gehorsam zu seinem neuesten Spielzeug, Königsbergs Weihnachtsgeschenk. Es war ein elektrisch betriebenes Polizeimotorrad, groß genug, dass der Junge darauf fahren konnte. Erika hatte das Geschenk übertrieben gefunden, *so* gut kannte man die Familie nun auch wieder nicht, aber Karl hatte etwas von »Beziehungen pflegen« gemurmelt und die Diskussion für beendet erklärt.

Der Kleine hatte zumindest seinen Spaß an dem Gefährt und sauste damit in der Wohnung herum. Erikas Lächeln bekam etwas Gequältes, als sie an ihren frisch versiegelten Parkettboden dachte.

Königsberg hielt das schwere Feuerzeug an Cantz' Zigarre; der paffte eifrig, bis sie ausreichend glühte.

»Danke«, sagte der Gerichtspräsident a. D. und vertiefte dann das unappetitliche Thema noch. »Aber das bedeutet ja, dass man praktisch immer 'ne Leiche parat haben muss, um die Magnetnadel richtig auszutarieren.«

Etwas bemüht lachte Erika Königsberg über diesen Scherz, aber ihr Lachen endete abrupt, als sie draußen vor der Balkontür jemanden die Feuerleiter vom Dach heruntersteigen sah.

Das Erste, was sie von dem Menschen zu sehen bekam, war ein nacktes Bein, das in einem schweren Arbeitsstiefel steckte und vom Knie abwärts blutverschmiert war. Alle im Raum bemerkten ihren offen stehenden Mund und folgten ihrem Blick.

Das Bein gehörte zu einem hünenhaften, vierschrötigen Mann, der sich mühsam die Leiter herabhangelte. Die letzten Sprossen ließ er sich fallen und landete mit einem kräftigen Rumms auf dem Balkon. Dann baute er sich vor der Schiebetür auf. Er presste die Stirn an das Glas und starrte mit zusammengekniffenen Augen ins Wohnzimmer. Sein Atem ließ die Scheibe beschlagen.

Erika Königsberg hatte sich am Arm ihres Mannes festgekrallt. Sie hatte nicht die geringste Vorstellung, was dies bedeuten konnte. Wieso stieg ein solcher Unhold auf ihren Balkon? An Weihnachten! Gott sei Dank spielte der Kleine gerade nebenan.

Alle Augen waren starr auf den Mann gerichtet, niemand rührte sich, doch dann erhob sich plötzlich Stefan Cantz aus seinem Sessel.

Der Mann auf dem Balkon grinste, als freue er sich, ihn wiederzusehen.

***

Schimanski lag auf dem Bauch und tastete seinen Hinterkopf ab. Zwei K.-o.-Schläge in vierundzwanzig Stunden waren sogar für seinen Schädel ein bisschen viel. Aber darauf konnte er jetzt keine Rücksicht nehmen. Er hatte nicht die geringste Ahnung, was Moltke da oben vorhatte, aber etwas Gutes war es unter Garantie nicht.

Er suchte ein paar Sekunden nach verbliebenen Kraftreserven, dann stemmte er sich hoch und taumelte auf die Lifttür zu. Er drückte auf den Knopf, aber es rührte sich nichts. Eine Weile wartete er, aber schließlich blieb ihm nichts als die Treppe.

»Scheiße«, sagte er und machte sich auf den Weg.

***

Erika hatte die Schiebetür zum Balkon einen kleinen Spalt offen gelassen, um für etwas frische Luft im Wohnzimmer zu sorgen. Und natürlich hatte sie die Tür dann mit dem Hebel festgesetzt, wie sie es immer tat, genau wie Eduard Zimmermann es riet.

Aber der Mann dort draußen fasste in den Spalt

und zerrte die schwere Glastür einfach auf, als wäre das alles gar kein Hindernis. Während alldem ließ er die Augen nicht von Cantz junior. Als die Tür weit genug offen war, machte er einen Schritt ins Zimmer hinein.

Er und der junge Cantz starrten sich an.

»Stefan«, sagte der Mann.

»Ste–?« Cantz senior fuhr aus seinem Sessel hoch. In seiner Miene spiegelte sich in Sekundenbruchteilen jede seiner Emotionen: erst Erstaunen, dann Verständnislosigkeit und schließlich lähmendes Entsetzen, als ihm klar wurde, was dieses Schauspiel zu bedeuten hatte.

Königsberg hatte sich ebenfalls erhoben. Auch ihm lief es kalt den Rücken herunter. Das war ein Alptraum. Schimanski hatte recht gehabt.

Plötzlich und ansatzlos fuhr Stefan Cantz herum und stürmte auf die Tür zur Diele zu. Für eine Sekunde war Königsberg versucht, ihn aufzuhalten, aber eine körperliche Auseinandersetzung mit dem jungen Anwalt war weder sein Stil, noch schien sie wirklich zielführend.

Cantz riss die Tür auf und verschwand in der Diele.

***

Die ersten beiden Stockwerke schaffte Schimanski noch relativ locker, aber ab dem dritten spürte er ein heftiges Pochen in der Beule an seinem Hinterkopf, und es nahm mit jedem Schritt zu. Stufe für Stufe zog er sich am Geländer nach oben. Ab dem fünften Stock musste er sich mit den Händen auf den Stufen abstützen, und im sechsten wurde ihm kurz schwarz vor Augen. Er riss sich zusammen und kroch auch noch die letzte Etage hoch, dann gönnte er sich einen Moment Pause. Sobald er wieder einigermaßen bei Atem war, zog er die schwere Treppenhaustür aus Sicherheitsglas auf und betrat den Flur vor den Apartments. Der Lift war direkt gegenüber Königsbergs Tür. Als er ihn erreichte, wurde klar, warum er nicht fuhr: Moltke hatte die Aufzugstür mit seiner Pistole blockiert. Die Tür versuchte, sich zu schließen, aber sie prallte gegen das metallene Hindernis. Dann fuhr sie wieder auf und versuchte es erneut, ein ums andere Mal.

Schimanski bückte sich nach der Waffe. In diesem Moment wurde hinter ihm die Tür zu Königsbergs Wohnung aufgerissen. Er drehte sich um, die Waffe in der Hand.

In der Tür stand Cantz junior. Sein Gesichtsausdruck war panisch. Als er Schimanski und die Waffe sah, prallte er zurück. Für ein, zwei Sekunden starrten sie sich an, dann zog sich Cantz eilig wieder in die Wohnung zurück und knallte die Tür hinter sich zu.

Schimanski starrte die Tür an. Er brauchte einen Moment, um zu verstehen, was das gerade zu bedeuten hatte.

»Cantz ...«, murmelte er dann. »Der verdammte Drecksack.«

***

Königsberg nahm sich nur ein, zwei Sekunden, um seine Frau mit einem Tätscheln der Hand zu beruhigen, dann folgte er Cantz in die Diele.

Cantz hatte die Wohnung verlassen wollen, sich aber anscheinend anders entschieden. Gerade schloss er die Wohnungstür wieder.

»Stefan!«, sagte Königsberg scharf. »Geben Sie auf! Die Sache ist gelaufen.«

Cantz wandte sich halb von ihm ab, dann riss er mit einer blitzschnellen Bewegung einen der arabischen Dolche von der Wand und streifte die Scheide ab.

Königsberg blieben weder Zeit noch Möglichkeit, zu reagieren. Cantz drückte ihm die Spitze des Dolches an die Kehle, dann packte er ihn von hinten und schob ihn vor sich her zurück ins Wohnzimmer. Königsberg schien es schlauer, sich nicht zu wehren.

Erika kreischte hysterisch, als sie sah, was er tat. Sie und Cantz senior standen wie erstarrt da. Nur der Mann vom Balkon – Zbigniew Pawlak, genannt Moltke, wie Königsberg mittlerweile klar war – wirkte weder überrascht noch beeindruckt. Er starrte Cantz in die Augen und grinste spöttisch.

Königsberg schluckte und stellte sich die Frage, wie viel Pawlak sein Leben wert sein würde.

In diesem Moment kam der Kleine mit seinem Elektromotorrad aus der Küche gesaust und knallte ungebremst gegen Pawlaks verletztes Bein. Pawlak schrie auf, klappte in sich zusammen und griff mit verzerrtem Gesicht an sein Knie.

Cantz reagierte sofort und schleuderte Königsberg in Richtung des riesigen Polen. Königsberg fiel gegen den gebückt dastehenden Mann; gemeinsam stürzten sie gegen den Weihnachtsbaum, der zusammen mit ihnen zu Boden ging. Königsberg versuchte hastig, sich aus dem Gewirr von Armen, Lametta und Beinen zu befreien, aber Cantz war längst aus der Balkontür und auf der Feuerleiter zum Dach.

***

Schimanski starrte die geschlossene Tür an. Er überlegte, ob er das Schloss aufschießen sollte, aber es schien ihm keine gute Idee, solange er nicht wusste, was drinnen vor sich ging.

»Scheiße«, sagte er. Dann lief er zurück zum Treppenhaus und hinauf zum Dachgeschoss. Die Fluchttür aufs Dach hinaus stand offen.

Mit gezogener Waffe trat er aus der Tür. Kalter Wind empfing ihn und ein weiter Blick über das winterliche Ruhrgebiet. Dampfende Kühltürme, ein halbes Dutzend Schlote, die gelblichen Qualm ausstießen. Aber er nahm weder Wind noch Aussicht wahr. Er stand auf einer Gitterplattform neben dem Raum mit dem Aufzugsmotor. Vorsichtig lugte er um dessen Ecke. Hier führte eine Feuerleiter an der Wand nach unten. Plötzlich erschien dort Cantz' Kopf, dann der ganze Mann. Der Rechtsanwalt wälzte sich in seinem teuren Anzug über die Brüstung auf das Dach. Er warf noch einen schnellen Blick die Leiter hinunter, dann lief er über das kiesbedeckte Dach in Richtung Treppenhaus.

Doch als er aufsah, blickte er in den Lauf von Schimanskis Walther.

Er hob die Hände, und Schimanski sah, dass sie zitterten.

Schimanski zitterte nicht. Er hielt die Waffe unbewegt auf Cantz' Kopf gerichtet. Schweigend sahen die beiden Männer sich an. Cantz' Jackett wehte in dem eisigen Wind, der über das Dach hinwegpfiff. Sein

Blick hatte jegliche Arroganz verloren, stattdessen stand nackte Angst darin, als fürchte er, dass Schimanski tatsächlich abdrücken würde. Schimanski war sich sicher: Wären die Rollen anders verteilt gewesen, Cantz hätte es getan.

Plötzlich kam ein Stöhnen aus Richtung der Leiter. Schimanski wandte den Kopf, und dort stand Moltke. Er sah Schimanski nur kurz an, dann humpelte er langsam auf Cantz zu.

Cantz wich vor ihm zurück. Schimanski versuchte, weder ihn noch Moltke aus den Augen zu lassen. Bei jedem Schritt, den Moltke auf Cantz zumachte, machte er auch einen.

»Er gehört mir«, sagte Schimanski zu ihm und wies mit einem Blick auf die Pistole in seiner Hand.

Moltke lächelte, ein wenig traurig. Er schüttelte leicht den Kopf, griff in die Tasche seines Mantels und zog das Magazin von Schimanskis Walther heraus.

»Er gehört mir«, entgegnete er.

Schimanski warf einen schnellen prüfenden Blick auf die Unterseite des Pistolengriffes. Tatsächlich, dort, wo das Magazin stecken sollte, war nichts. Er ließ die nutzlose Waffe sinken.

»Und jetzt?«, fragte er.

Moltke sah zu Cantz, der bis zur Brüstung des Daches zurückgewichen war – weiter würde es nicht gehen –, dann wieder zu Schimanski. Die drei Männer standen sich gegenüber, keiner rührte sich, nur der Wind bewegte ihre Haare und Mäntel.

Schließlich nickte Moltke langsam. Dann warf er in einer schnellen Bewegung das Magazin quer über das Dach. Es landete vielleicht zehn Meter hinter Schimanski im Kies.

Immer noch rührte sich keiner der drei. Schimanski sah zu dem Magazin, dann wieder zu Moltke. In dessen Gesicht saß ein halbes Grinsen.

Schimanski setzte sich in Bewegung und spurtete auf das Magazin zu. Im selben Sekundenbruchteil ging Moltke auf Cantz los. Die letzten Meter überwand Schimanski mit einem Hechtsprung. Hastig griff er das Magazin, aber Moltke hatte den wild kreischenden Cantz bereits gepackt und auf die Dachbrüstung gewuchtet.

Schimanski stand da, die Waffe in der Rechten, in der Linken das Magazin. Aber er schob es nicht hinein. Denn die einzige Wahl, die ihm eine geladene Waffe jetzt ließe, war, Moltke in den Rücken zu schießen, um Cantz, den Mörder, zu retten.

Und Schimanski wusste, dass er das niemals tun würde.

Moltke stieß die Beine seines Opfers über die Brüstung. Dem schreienden Cantz gelang es, sich an der Innenkante der Brüstung festzuklammern. Aber Moltke packte eines seiner Handgelenke und brach mit brachialer Gewalt dessen Griff auf. Nur noch an einer Hand hing Cantz über dem sieben Stockwerke tiefen Abgrund.

»Moltke!«, schrie Schimanski mit aller Kraft.

Moltke erstarrte. Langsam richtete er sich auf und drehte sich zu Schimanski um. Er sah ihn ungläubig an, und Schimanski verstand.

Moltke hatte etwas anderes als Worte von ihm erwartet.

Etwas aus Blei.

»Du sollst nicht töten«, sagte Schimanski leise.

In Moltkes Augen trat ein Ausdruck, als erwache

er aus einem schlimmen Traum und wisse nicht, wo er war. Er öffnete den Mund. Ein leidendes Stöhnen entrang sich ihm, wurde zu einem Schrei.

Langsam wandte er den Blick zu dem hilflos baumelnden Cantz, und es schien, als glaube er nicht, was er da sah. Er bückte sich, packte den Arm des Mannes, der seinen Bruder erschossen hatte, und zog ihn aufs Dach, als sei er eine Strohpuppe.

Dann setzte er sich auf die Brüstung nieder, so langsam, als sei alle Kraft aus seinem Körper gewichen.

Und er weinte.

***

Königsberg begleitete Cantz senior zu seinem Wagen. Der alte Herr ging aufrecht, gerade und beherrscht. Vor ihnen führten zwei Uniformierte Stefan Cantz gerade in Handschellen zu einem Polizeiwagen. Seine Frau stand keine zehn Meter entfernt. Ihren kleinen Sohn auf dem Arm und mit völliger Verständnislosigkeit in den Augen sah sie zu, wie die Polizisten ihren Ehemann auf den Rücksitz eines Streifenwagens verfrachteten.

Stefan Cantz sah herüber zu Königsberg und seinem Vater. In dem Blick, mit dem er seinen Vater bedachte, stand eine Mischung aus Flehen und Verachtung. Das unbewegte Gesicht seines Vaters ließ keinen Schluss darauf zu, was in ihm vorging. Dann wurde die Tür des Wagens geschlossen, und er rollte davon.

Königsberg räusperte sich. »Friedrich«, sagte er. Zögernd legte er die Hand auf Cantz' Arm.

Als hätte ihn die Berührung geweckt, starrte Cantz auf Königsbergs Hand. Mit einer angeekelten Bewegung streifte er sie von sich ab. Dann ging er wortlos in Richtung seiner Limousine, die am Straßenrand geparkt stand. Der Fahrer sprang heraus, als er seinen Chef kommen sah, und öffnete die Tür des Fonds. Aber Cantz ging blicklos an ihm vorbei, als existiere weder er noch der Mercedes.

NEUN

»Ja, das ist ‘n Witz«, sagte Thanner und rieb sich das Kinn. »Der blonde Schönling hat ‘nen schwarzen Golf, und Cantz hat ‘nen schwarzen Golf. Tja. So is dat nu mal. *C’est la vie.*«

Hänschen und er standen vor Königsbergs Haus und sahen Zbigniew Pawlak entgegen, der neben Schimanski aus der Tür gehumpelt kam. Thanner klapperte fröhlich mit seinen Handschellen. Als die beiden sie erreichten, packte er Pawlaks Handgelenk und schloss einen Bügel der Handschelle darum.

Schimanski beachtete ihn überhaupt nicht. »Bring ihn ins Krankenhaus«, sagte er zu Hänschen. »Schnell.«

Hänschen nickte nur, und Thanner sah ungläubig zu, wie er Pawlak zu ihrem VW-Bus führte. Die Handschelle baumelte unverschlossen an seinem Handgelenk.

An der Tür des Bullis drehte Pawlak sich noch mal zu Schimanski um. Er grinste.

»Könntest sein sehr guter Pole«, sagte er und stieg in den Wagen. Hinter ihm schob Hänschen die Tür zu und setzte sich auf den Beifahrersitz.

Thanner trat zu Schimanski. Sie sahen sich in die Augen. Nach ein paar Sekunden senkte Thanner den Blick auf den mittlerweile ziemlich schmuddelig wirkenden Strickschal, der unordentlich um Schimanskis Hals hing.

»Was heißt ‘n hier könnte ...«, sagte er und begann, den Schal mit einem ordentlichen Knoten zu richten. »Das *ist* ‘n Pole.«

Schimanski grinste. Thanner packte seinen Jackenkragen, um auch den wenigstens halbwegs in Form zu bringen. Der VW-Bus mit Hänschen und Pawlak darin fuhr los und rollte davon.

»Das ist 'n Schimanski!«, schrie Thanner ihm nach.

Das Erste

rbb
RUNDFUNK BERLIN-BRANDENBURG

Oliver G. Wachlin
BLINDER GLAUBE
Kriminalroman nach der gleichnamigen
ARD-Serie »Tatort«
© Das Erste / Rundfunk Berlin-Brandenburg (rbb)
Agentur: WDR mediagroup licensing GmbH
Nach dem Tatort-Krimi von Andreas Pflüger
Broschur, 160 Seiten
ISBN 978-3-89705-660-2

»Hitverdächtig. Auf die Bestsellerverfilmung folgt nun die Quotenhitverschriftlichung.« tvmedia

mdr

Oliver G. Wachlin
TODESSTRAFE
Kriminalroman nach der gleichnamigen
ARD-Serie »Tatort«
© Das Erste / MDR, Lizenz durch Telepool GmbH
Agentur: WDR mediagroup licensing GmbH
Nach dem Tatort-Krimi von Mario Giordano
und Andreas Schlüter
Broschur, 176 Seiten
ISBN 978-3-89705-665-7

»Der gelungene Einstieg eines neuen Teams.«
Kriminalakte

radiobremen

Christoph Ernst
STRAHLENDE ZUKUNFT
Kriminalroman nach der gleichnamigen
ARD-Serie »Tatort«
© Das Erste / Radio Bremen
Agentur: WDR mediagroup licensing GmbH
Nach dem Tatort-Krimi von Christian Jeltsch
Broschur, 160 Seiten
ISBN 978-3-89705-666-4

»Eine spannend präsentierte Story mit Aktualitätsbezug, Action und einem unvorhersehbaren Final-Twist.« www.buchwurm.de

Das Erste

WDR

Martin Schüller
DIE BLUME DES BÖSEN
Kriminalroman nach der gleichnamigen
ARD-Serie »Tatort«
© Das Erste, WDR
Agentur: WDR mediagroup licensing GmbH
Nach dem Tatort-Krimi von Thomas Stiller
Broschur, 160 Seiten
ISBN 978-3-89705-658-9

»Viel mehr als eine bloße Drehbuch-Niederschrift: fesselndes Kopfkino für ›Tatort‹-Fans!« Hörzu

BR

Martin Schüller
A GMAHDE WIESN
Kriminalroman nach der gleichnamigen
ARD-Serie »Tatort«
© Das Erste / BR, Lizenz durch Telepool GmbH
Agentur: WDR mediagroup licensing GmbH
Nach dem Tatort-Krimi von Friedrich Ani
Broschur, 160 Seiten
ISBN 978-3-89705-664-0

»Die Sympathie für die kleinen Leute schimmert in der Romanfassung vielleicht sogar etwas stärker als im Film durch. Ein guter Krimi.« Kriminalakte

SR

Martin Conrath
AUS DER TRAUM ...
Kriminalroman nach der gleichnamigen
ARD-Serie »Tatort«
© Das Erste / Saarländischer Rundfunk
Agentur: WDR mediagroup licensing GmbH
Nach dem Tatort-Krimi von Fred und
Léonie-Claire Breinersdorfer
Broschur, 176 Seiten
ISBN 978-3-89705-661-9

»Die Charaktere werden plastisch gezeichnet.«
Kriminalakte

Das Erste

NDR

Hannes Nygaard
ERNTEDANK
Kriminalroman nach der gleichnamigen
ARD-Serie »Tatort«

Agentur: WDR mediagroup licensing GmbH
Nach dem Tatort-Krimi von Angelina Maccarone
Broschur, 176 Seiten
ISBN 978-3-89705-659-6

SWR

Susanne Kraft
SEENOT
Kriminalroman nach der gleichnamigen
ARD-Serie »Tatort«

Agentur: WDR mediagroup licensing GmbH
Nach dem Tatort-Krimi von Dorothee Schön
Broschur, 208 Seiten
ISBN 978-3-89705-663-3

SWR

Martin Conrath
VERMISST
Kriminalroman nach der gleichnamigen
ARD-Serie »Tatort«

Agentur: WDR mediagroup licensing GmbH
Nach dem Tatort-Krimi von Christoph Darnstädt
Broschur, 160 Seiten
ISBN 978-3-89705-735-7

Das Erste

WDR

Martin Schüller
MOLTKE
Kriminalroman nach der gleichnamigen
ARD-Serie »Tatort«
© Das Erste, WDR
Agentur: WDR mediagroup licensing GmbH
Nach dem Tatort-Krimi von Axel Götz,
Jan Hinter und Thomas Wesskamp
Broschur, 160 Seiten
ISBN 978-3-89705-734-0

WDR

Martin Schüller
TEMPELRÄUBER
Kriminalroman nach der gleichnamigen
ARD-Serie »Tatort«
© Das Erste, WDR
Agentur: WDR mediagroup licensing GmbH
Nach dem Tatort-Krimi von Magnus Vattrodt
Broschur, 160 Seiten
ISBN 978-3-89705-733-3

hr

Uli Aechtner
BEVOR ES DUNKEL WIRD
Kriminalroman nach der gleichnamigen
ARD-Serie »Tatort«
© Das Erste / hr, Frankfurt
© 2009 hrMedia Lizenz- und Verlagsgesellschaft mbH
Agentur: WDR mediagroup licensing GmbH
Nach dem Tatort-Krimi von Henriette Piper
Broschur, 160 Seiten
ISBN 978-3-89705-662-6

Das Erste
tatort
Deutschlands erfolgreichste Krimireihe
Die beliebtesten Ermittler, die besten Fälle.
Jetzt überall auf DVD im Handel!
© ARD Landesrundfunkanstalten, ORF, SF. Lizenzen durch Bavaria Media GmbH, Degeto Film GmbH, hr Media Lizenz- und Verlagsgesellschaft mbH, rbb media GmbH, Studio Hamburg Distribution & Marketing GmbH, SWR Media Services GmbH, Telepool GmbH und WDR mediagroup licensing GmbH.
SCHIMANSKI-BOX
DUISBURG
tatort
SCHIMANSKI-BOX
THIEL/BOERNE-BOX
MÜNSTER
tatort
THIEL/BOERNE-BOX
KIEL
tatort
REIFEZEUGNIS
REGELMÄSSIG NEUE EINZEL-FOLGEN UND BOX-SETS – DAS IDEALE GESCHENK!
Ausführliche Infos unter www.tatort.aufdvd.de
BR hr NDR radiobremen rbb SR SWR WDR ORF SF